UNDINE

水妖的烦恼

【德】莫特·福凯 / 文 【美】弗·巴西特·康斯托克 / 图 王芮蘅 / 译

By La Motte-Fouqué

Illustrated by F. Bassett Comstock

南方出版传媒
广东经济出版社
—广州—

图书在版编目（CIP）数据

水妖的烦恼／（德）莫特·福凯著；王芮蘅译．—广州：广东经济出版社，2018.1
ISBN 978－7－5454－5259－4

Ⅰ．①水…　Ⅱ．①莫…　②王…　Ⅲ．①童话－德国－现代　Ⅳ．①I516.88

中国版本图书馆 CIP 数据核字（2017）第 037329 号

出 版 人：姚丹林
系列策划：张晶晶
特约策划：稻草人童书馆
责任编辑：张晶晶
责任技编：许伟斌
英文校对：廖文静
封面设计：居　居

＊随书附赠《水妖的烦恼》英文版，扫封底二维码可收听《水妖的烦恼》英文音频

《水妖的烦恼》（Undine）
Shuiyao De Fannao

出版发行	广东经济出版社（广州市环市东路水荫路 11 号 11～12 楼）
经销	全国新华书店
印刷	东莞市翔盈印务有限公司 （东莞市东城区莞龙路柏洲边路段）
开本	889 毫米×1194 毫米　1/32
印张	5.25
字数	100 000 字
版次	2018 年 1 月第 1 版
印次	2018 年 1 月第 1 次
印数	1～5 000
书号	ISBN 978－7－5454－5259－4
定价	35.90 元

如发现印装质量问题，影响阅读，请与承印厂联系调换。
发行部地址：广州市环市东路水荫路 11 号 11 楼
电话：（020）38306055　37601950　邮政编码：510075
邮购地址：广州市环市东路水荫路 11 号 11 楼
电话：（020）37601980　营销网址：http://www.gebook.com
广东经济出版社新浪官方微博：http://e.weibo.com/gebook
广东经济出版社常年法律顾问：何剑桥律师

献词

温蒂妮，
你这美丽而圣洁的精灵啊，
第一眼见你，
双瞳剪水，娉娉婷婷，
莹莹流转的眼波，
荡漾着古老的浪漫和温情，
你天籁的余音，
久久在我心湖，
萦绕不停。

你飘然而至，
笑靥如云，
在我耳边轻诉，
浅唱低吟。
那是隐在你心底的悲伤，
珠泪偷弹的痴情——
你这娇嫩、可怜的小小精灵！

我的齐特琴
捕到了昔日的清音，
你樱唇轻启，
就在那金色的门厅，
唱出脍炙人口的传世悲情。

众人皆爱慕你的良善，
就算有时我行我素，
惊世骇俗一些也无妨。
捧你的故事在我的手心，
字字言言，
细细品觞。

有细细的絮语飘落在耳边，
若隐若现，
那是颗希冀的心灵，
祈盼终有一日，
能再在世间降临。
让心头的阴霾和疑惧
统统散尽吧，
来吧，温蒂妮，

至纯至善的精灵！

让世人
仰望你的婀娜多情，
在爱你的人群中
吐故纳新；
和世间所有
美丽的女子一起，
接受万众瞩目的宠爱和真情。

如果
有人向你问起我，
就请回答：
“他是位真正的，
高尚的骑士，
愿意做
美丽女士的奴隶，
他喜爱甜美的歌声，
不惧怕决斗，
为了骑士的精神
永不停息。”

目 录|Contents

第一章　骑士遇见渔夫

故事发生在几百年以前。在一个晴朗的夜晚，有位慈祥的老渔夫，悠闲地坐在自己的茅舍前面，一针一线地补着一张旧渔网。

周围风景如画，芳草如茵。房子坐落之处是块长长的草坪，从屋前一直延伸到清澈可人的蓝色大湖中，像是大地伸出的翠绿欲滴的深情的舌头，被温柔的湖水恩爱有加地拥着，花团锦簇，树影婆娑，宁瑞祥和。

这儿虽然风景优美，却人迹罕至，造访者寥寥，附近也没有别的人家，因为，在这长长茸茸的绿地后面，有座神秘危险的森林。林子里阴森恐怖，出没着许许多多的怪物和幽灵。所以，若非万不得已，谁也不敢冒险踏入半步。

老渔夫的家

但这虔诚的老渔夫却可以随意穿过森林，毫发无伤。他时常拎着新捕的鱼儿去外面那座繁华的城市叫卖，从未遇到过什么阻碍，因为他是个纯善的人。每当他走在幽暗的树影下面，都会虔诚地高唱圣歌，心平气定，坦荡安宁。

那天晚上，老渔夫正专心补着渔网。忽然，一阵奇怪的声音从林子里传来，吓了他一跳。那窸窸窣窣的声音由远及近，就像是有人骑着马儿在枝叶中穿梭。他不禁想起从前做过的怪梦——在许多暴风雨的夜晚，他都会梦到一位高大的骑士，浑身雪白，骑马穿过阴暗恐怖的魔法森林，踏上这片长长的、舌头一般的草地——那骑士不断点着他的头，带着不祥的预兆。

于是，老渔夫警惕地向林中眺望。不好！那个骑士真的出现了！只见他纵马穿过密密层层的枝丫，眼看着就要飞奔过来。

但老渔夫很快又恢复了镇静。他想，自己常年在林子里来来回回，都无甚大碍，何况是在自家门口的草地上，又岂会有妖魔来作祟？于是他专心致志地念起了《圣经》中的赞美诗，声音洪亮，一遍又一遍，直到害怕的感觉消失。当他再朝森林的方向看过去时，不禁哑然失笑——哪儿是什么白色骑士，不过是条泛着泡沫的小溪罢了。那溪水潺潺地往湖里流着，和往日并无二致，但耳边传来的沙沙声却并不是幻觉，真的有一名全副武装的骑士从森林深处冲出，朝着他的方向疾驰而来。那人的衣着十分华丽，猩红色的斗篷，金线刺绣的紫色紧身上衣；金光闪闪的头盔上，红色和紫色的羽毛迎风飘舞；腰间还别着一把精美的宝剑，装饰华丽，闪闪发光。骑士身下的白马也比普通的战马更纤瘦轻盈，他骑着马儿小心翼翼地踏过漂亮的草地，小草和鲜花看起来都几乎完好无损。

老渔夫试着让自己放宽心。他告诉自己，这么优雅标致的人儿应该不会有什么恶意，只是心中的警惕却未完全消失。他静静地坐在那儿，手里仍一刻不停地补着渔网，骑士走过来的时候，他礼貌地摘下帽子示意，却未发一言。

很快，骑士就到了跟前，询问能不能让他和他的马儿留下来暂住一晚。

“漂亮的先生，”老渔夫说道，“把您的马儿放到那块阴凉的草地上去吧，那里的草儿鲜嫩又肥美。如果您不嫌弃，欢迎在敝舍将就一晚，我们会尽己所能为您提供晚餐和住宿。”

骑士高兴地下了马，在老渔夫的帮助下卸下了马鞍和辔头[1]，把马儿放到了那片美丽的草地上。接着，他转过身，诚挚地向老渔夫道谢："谢谢您，您可真是个好人哪。如果不是您好心收留我，恐怕我今天就无处可去了。前面是那么大的一个湖，后边又是森林，天色眼看着就要黑了，就算是我想穿过林子回去，老天爷也不让啦。"

"别客气。"老渔夫说。然后他领着客人进了屋。

屋里幽暗整洁，壁炉发着微微的光。炉边的大椅子上，坐着渔夫的妻子，一位年迈的老妇人。客人进来的时候，老妇人起身亲切地问候，却没有招呼他入座，而是又自己坐了回去。老渔夫微笑着解释道："请别介意，年轻人，内人没有给您让座，并不是有意怠慢。这是我们穷人的习惯，只有年长的人才能坐最好的椅子。"

"哎呀，老头子啊，"老妇人温温一笑，"你在想什么呢？咱们的客人一看就是虔诚的基督徒，怎么会去争老人的座位呢？来，请坐，年轻的少爷！"她招呼道，"那儿有把漂亮的小椅子，不过别用力晃它，有条椅子腿不是很稳。"骑士小心地把椅子搬过来入了座，心情很愉快，

---

① 辔（pèi）头，驾驭牲口的嚼子和缰绳。

感觉自己就像是这家人的某个孩子，刚从远方回来。

三人亲切地聊起了天，自由自在，其乐融融，但只要一聊到关于森林的事，无论骑士提出什么问题，老渔夫都三缄其口，显得讳莫如深。因为在他看来，在日落之后，这就是个禁忌的话题。不过，对于其他的事儿，比如他们的家庭和生活日常，夫妇二人都是畅所欲言，对骑士的故事也听得兴致勃勃。骑士给他们讲自己的旅途见闻，告诉他们自己有座城堡，就在多瑙河的源头处，那儿的人都把自己叫作“林斯特滕城堡的希尔布兰德先生”。

正谈到兴头上，骑士却发觉，不时有奇怪的声音从又小又低的窗户上传过来，就像是有人故意在往上面泼水。每当哗哗的泼水声响起，老渔夫就会不悦地皱起眉头。当泼水声愈演愈烈，瓢泼一般撞向腐朽的窗棂，像雨水一样洒进屋里时，他终于一怒而起，威胁地对着窗外训斥道：“温蒂妮①，能不能消停一回，别胡闹？今天我们有位客人先生在屋里呢。”

窗外的泼水声停了下来，只听到一阵叽叽咕咕的偷笑

① Undine，意为水中女神。

声。渔夫回到桌前，无奈地对骑士解释道："尊贵的先生，请莫见怪，小女喜欢恶作剧，不过并没有什么恶意。她是我们的养女温蒂妮，今年十八岁了，却十分淘气，但我可以保证，她的心地非常善良。"

"话虽如此，"老妇人摇着头说，"你每次捕鱼或是出远门回来，见她闹上一闹，觉得有趣，但若是要跟她待上整整一天，那才够头疼哩。你根本听不到她说上一句有道理的话，也不能指望她帮忙做家务，年纪已经不小了，还得让人成天操心，生怕一不留神又给你捅个娄子出来。即便是圣人，耐性也要被她磨光啦！"

"是啊，是啊，"渔夫微笑着说，"你觉得她麻烦，我也觉得那湖水麻烦——不是把咱们的水坝冲垮，就是把我的渔网撕破，可我还是深爱着它。你对那可爱的淘气鬼也是一样，无论她如何惹你生气。我说得对吗？"

"是啊，总狠不下心来对她发火呢。"老妇人笑叹。

这时，门忽然被推开了，一位漂亮白皙得不可思议的少女笑嘻嘻地钻了进来，嘴里银铃般地嚷着："爸爸，您在拿我开玩笑呢。咱们的客人在哪儿呀？"

几乎就在同时，女孩看到了骑士，看着那英俊的年轻人，她惊奇地站住了。希尔布兰德也震惊于姑娘的美貌，目不转睛地盯着面前的可人儿看。他想，这姑娘只是忽然看到生人有些惊讶，不一会儿，就该害羞得从他的注视下逃开了吧。没想到，事实却正好相反。女孩儿细细打量了他一会儿，居然毫无征兆地凑到他跟前，弯下膝盖，揪起他用精美链子挂在胸前的一枚金质奖章，天真地问道：“喂，漂亮的骑士先生，您是怎么到这里来的？您是在周游世界吗？您是怎么发现这儿的呢？您是穿过森林过来的吗？漂亮的骑士先生……”

门被推开了，一位漂亮白皙得不可思议的少女笑嘻嘻地钻了进来

骑士还没来得及回答，老妇人就迅速地呵斥了一声，警告那女孩儿要举止得体，让她快站起来，赶紧去干活儿。但女孩儿

却置若罔闻，还乐颠颠地拖了一只脚凳到骑士的旁边，坐到上面开始纺纱，嘴里念叨着：“我就在这儿干活。”

和所有溺爱孩子的家长一样，老渔夫装作没有看见她的任性失礼，他刚开口想说点儿什么，却被女孩儿打断了：“我刚才问客人是从哪儿来的，他还没告诉我呢。”

“我是从森林外头来的，可爱的姑娘。” 希尔布兰德说。

女孩继续瞪着蓝幽幽的大眼睛盘问：“那您快告诉我，您是怎么进来的，那座森林很吓人，您有没有被吓到？您居然能走出来，一定看到了很多妖怪吧？”

希尔布兰德回忆了一下，确实有点儿不寒而栗。他下意识地往窗户的方向瞄去，仿佛那儿正趴着某个龇牙咧嘴的林中怪物，怪物正挤眉弄眼地随时准备扑过来。但窗外一团漆黑，什么也瞧不见。于是他稳了稳心神，打算讲述自己的冒险经历，却被老渔夫制止了：“罢了，骑士先生，现在不是说那些事的时候。”

温蒂妮气得从小凳子上跳了起来。她气冲冲地站在父亲面前，美丽的手臂叉在腰间，任性地嚷道：“爸爸，您不让他讲故事？不让他讲了？可是我要听！我偏要！我就要听他讲！不管您同意不同意！”说着，她用美丽的小脚将地板跺得咚咚响，虽然在发怒，却竟有一种滑稽的优雅，希尔布兰德的眼神像是被定住一般，只顾呆呆盯着她看，比起方才她安静的时候有过之而无不及。

但姑娘的父亲却再也抑制不住愤怒，发起火来，责怪女儿在陌生人面前不知收敛。老妇人也不假思索地加入进来，在一旁帮腔。温蒂妮立刻赌气叫道：“既然你们要骂我，不愿依着我，你们就自己待在这间破屋子里好了！”怒气冲冲丢下这句话，她像箭一般冲进了黑夜里。

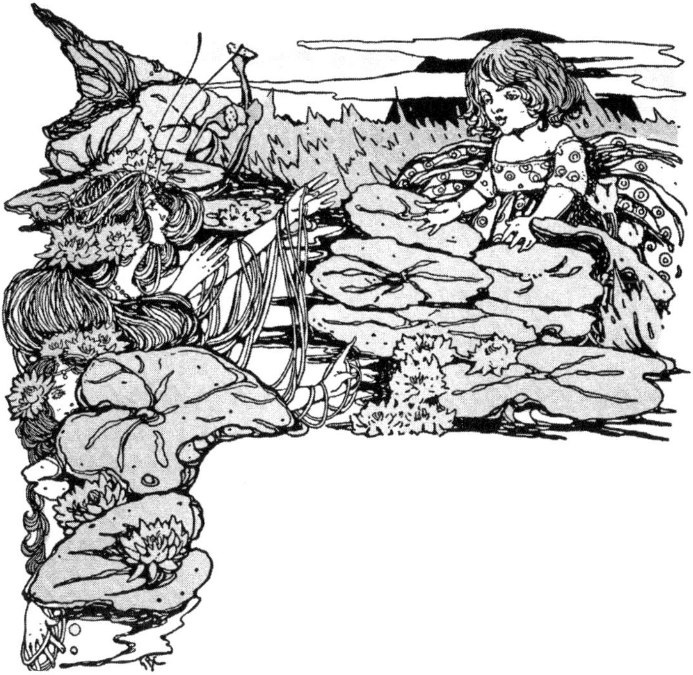

第二章　渔夫收养温蒂妮

温蒂妮跑出去之后，希尔布兰德和老渔夫都跳起来冲向门口，想要把她追回来，但这愤怒的女孩儿跑得实在太快了，等他们冲到门前，她就像凭空消失了似的，黑沉沉的夜幕里，连一丝细小的脚步声都听不见。希尔布兰德不可思议地望着渔夫，他几乎要怀疑，这古怪的美丽姑娘和林子里的那些精怪是同类，故意变成仙女的样子来作弄自己。但老渔夫却只是从牙缝中含糊不清地嘟哝道：“又跑出去了，总是这样不让人省心，又得让人担心一晚上睡不着了。一个人在外面过夜，万一遇上危险怎么办？”

“看在上帝的分上，咱们去找她吧！”希尔布兰德紧张地叫起来。

“找了又有什么用呢？”老人回答，“外面这么黑，让您一个人去找那蠢姑娘，我肯定过意不去，但我这把老骨头已经不中用啦，就算知道她躲在哪儿，也未必能找得到路哪。”

“那么，我们至少试试能不能把她叫回来吧。”希尔布兰德不甘心地说，然后他急切地大叫起来，“温蒂妮！温蒂妮！快回来！”

老渔夫摇着头说，叫她也没有用，骑士是不知道那孩子有多任性，但他也忍不住在黑暗中唤了起来：“温蒂妮！唉！亲爱的温蒂妮呀！快回来！我求你了，就听一次劝吧！”

事实证明，老翁的话没错，温蒂妮早已不知去向。善良的老人怎么也不肯让骑士自己去找温蒂妮，他们只有一起返回小屋。壁炉的火已经快熄灭，老妇人也已进房歇息，对于温蒂妮的出走，她并没有像老渔夫那么担心。

老渔夫给壁炉加了点儿柴，把火拨旺。借着火光，他搜罗出一大瓶葡萄酒，放在自己与客人之间。

“骑士先生，”老人说，“看得出，您也在担心那傻孩子，反正也睡不着，与其躺在芦苇席上睁眼等天亮，不如咱们喝酒聊天吧。您觉得意下如何？”

希尔布兰德当然很乐意。于是，老渔夫执意让他坐上老妇人那把舒服的大椅子，两人把酒言欢，宛如一对忘年之交，但每次只要窗户外面有一点儿声响，或是想象中的动静，他们中间就会有一人警觉地起身张望，小声道：“她回来了！”二人屏息等待，却屡屡空欢喜，然后他们摇头叹气，继续先前的谈话，只是心中总记挂着那出走的姑娘。

骑士对温蒂妮的故事很好奇，老头儿也乐意讲述，于是，就娓娓道起了女孩儿的来历。故事要从她第一次来到小屋说起：

“已经差不多有十五年的光景了，”老人回忆着，

“那天，我穿过森林去卖鱼，老伴儿和平常一样在家看家。那时上帝刚刚赐给我们一个漂亮的女儿。我们都一大把年纪了，所以宝贝得不得了，但问题也接踵而至：为了这天赐的小宝贝，我们似乎得离开亲爱的家园，重寻一个更为宜居之所，好把她抚养成人。只是，穷人们做事总是畏首畏尾——像您这样的骑士先生，可能没法理解这一点。上帝保佑，当初放手一搏该多好。我心里一直在琢磨搬家，只是这片草地太亲切，城市的喧闹又使我恐慌。我对自己说：无论风景如何、安静与否，只要住下来便是家。不过我并没抱怨上帝，相反，我心里一直默默感恩着呢，感恩他赐给我们小孩。我要说的是，感恩他庇佑着我在林子里平安地来来回回，不受鬼怪叨扰。上帝一直陪在我身边呢。”

说到这里，老渔夫虔诚地将头上的帽子举起，露出光光的头颅。半晌之后，他戴上帽子，继续说道：

“但是，当我刚走到林子这一边，唉！却有一个噩耗等着我。我的老伴儿出来迎我，穿着一身白，脸上还挂着眼泪。‘噢，仁慈的上帝啊，’我问道，‘我们的孩子呢？快说话啊！’——‘她已经和仁慈的上帝在一起了，我的老头子啊。’老伴儿说。我们流着眼泪，沉默着，跌跌撞撞回了屋。我去找孩子的尸体，才知晓事情的原委。

“当时，我可怜的老伴儿正带着孩子坐在湖边玩耍，小家伙看到湖水又是高兴，又是害怕。忽然，她看到水下不知有什么好玩的东西，就好奇地弯腰看，光看见她一直咯咯笑，这可爱的小天使啊，向前伸着她的小手，不知怎么一下子就从老伴儿怀里滑出去，掉到那镜子一样的湖水里消失不见了。我拼命想把我们家宝贝的尸体找回来，却徒劳无功，她连一点儿痕迹都没留下。

“那天晚上，我们坐在冷冷清清的屋里，不想说话，光掉眼泪，只知道望着炉火发呆。没过多久，听到门口有窸窸窣窣的声音。忽然，门自己开了，有个粉雕玉琢的小女娃儿站在门口，三四岁的样子，穿着华丽的衣裳，对着我们甜甜地笑，把我们吓得话都说不出来。一开始，我还以为是自己出现了幻觉，再一看，那女孩儿金色的头发和漂亮的衣裳都湿透了，往下直滴水，我想她是失足落水了，正需要帮助呢。

“于是，我就跟老太婆说啦：‘我的好老伴儿啊，咱们的孩子已经找不回来了，但咱们至少还可以帮帮别人家的孩子，也算功德一件呢。’于是我们把孩子抱进屋，给她换衣裳，喂她喝热水，把她放到被子里暖着。这孩子一句话也不说，只用湖水和天空一般湛蓝的大眼睛看着我们笑。

“到了第二天早晨，女娃儿没有着凉也没咳嗽。我想着该问一问她的家人在哪儿，怎么来的，但小孩儿回答得又奇怪又糊涂。我猜她家一定离这儿很远。这十五年来，我一直没搞清楚她的出身，她说的话也稀奇古怪，什么金色的城堡啦、水晶的穹顶啦，还有那些听不懂的古怪物事。我都怀疑，她该不会是从月亮上掉下来的吧。她唯一能说清楚的就只有一件事：那天，她和妈妈一起坐船游湖，她不小心掉进水里，然后在大树下面醒过来，她看到湖边的景色很高兴。

“后来我们又开始发愁：我们失去了自己的宝贝女儿，再收养一个代替，这个简单，但谁能告诉我们她有没有受过洗礼呢？我们问她，她也不清楚，只知道自己是因上帝的赞美和荣光来到这世上的，凡是为了上帝的名义和荣耀，我们的一切安排她都愿意。

“我和老伴儿是这样想的：如果她还没有行洗礼，那就得抓紧操办；如果已经受洗，那么多一次也没什么关系。我们又商量着给她取个好名字，要不然总不知该怎么叫她。我们琢磨来琢磨去，想叫她‘多萝西娅’。我曾听说，这名字的意思是‘上帝的馈赠’。她也确实是上帝赐给我们，来安抚我们的哀伤的。可她却一点儿也不喜欢，不要我们那样叫她。她让我们叫她‘温蒂妮’，说那是她爹妈给她起的。可那名字太过古怪，听起来像是异教徒，在哪本圣书上都找不到。我就去城里咨询神父，神父的看法也和我差不多。我就把神父请到家里，来给那娃儿行洗礼。那天，小家伙穿得齐齐整整，又乖巧又甜蜜，一见面就把神父的心收去了。那天，她又是撒娇又是卖乖，害神父把起名的事儿忘得一干二净，最后，照她的意，给她用温蒂妮这名字行了洗礼。受洗的时候，她尤其听话乖顺，平日的任性顽皮全然不见。骑士先生啊，我妻子说得太对了，这是个让人头疼的孩子。我跟您说……”

这时，骑士打断老人的话，要他注意外面的动静。刚才聊天的时候，一直有哗哗的水声传来，听起来又快又急，几乎快涌到窗外了。二人一跃而起到了门口，借着初升的月光，看见湍急的溪水从林子里铺天盖地涌出来，一路裹挟着岩石和树干，东冲西决，而暴风雨也似乎被这洪水的猖獗唤醒，凶猛地撕开大块大块的云层，将月光罩得严严实实。湖水在风暴的教唆下波涛汹涌，湖滩的树木在狂风骤雨里踉踉跄跄，弯腰呻吟，在洪水的拍打中晕头转向。

“温蒂妮！上帝保佑啊，温蒂妮！”两个男人惊恐地呼唤着，却没有收到只言片语的回音。他们不假思索地奔出茅舍，分头冲了出去。

第三章　温蒂妮回家

希尔布兰德在树影中穿梭找寻，时间越久，他的心情就越发焦虑迷乱。

他又开始怀疑，温蒂妮是否只是林中的某个精怪，用法术蒙蔽了他的眼睛。确实，几小时之前这块儿还风景秀丽，平静祥和，转眼就变得天昏地暗，浊浪滔滔，暴雨肆虐，疮痍满目，被折毁的树木比比皆是——难不成那茅舍、那渔夫都只是精灵幻化出来作弄人的？但耳边不远处传来的老渔夫焦急的呼喊声，听起来又真真切切，其间还有那老妇人大声的祈唱念诵声。

最后，骑士被泛滥的溪水拦住了去路，发现大水已将森林隔绝，狭长的河滩在汪洋中变成了孤岛。

“噢，天哪！”骑士想，“万一刚才温蒂妮已赌气闯了进去，被困在林子里该如何是好？就因为我没能告诉她林子里的情况，现在却要害得她被大水隔在里面担惊受怕了。现在她保不准正蹲在哪个角落哭泣呢，被鬼怪和幽灵包围的滋味可不好受。”想到这里，骑士惊呼出声，立即爬上岩石，越过横倒在地的树木，奋力往林子的方向蹚过去。凄厉的风声不绝于耳，白天遭遇的诡谲的林林总总，又一次浮上骑士心头，仿佛此刻那些魔怪正隐在树枝下面，森森地咆哮。不仅如此，对岸还出现了一个巨大的白色怪人，对他点头露齿而笑。看到那巨大的可怖人影，骑士想起可怜的温蒂妮吉凶未卜，越发加快了蹚水的速度。

他抓住一条粗大的松枝，勉强在汹涌的急流中站立起来，鼓起勇气，挣扎着打算进入溪流更深处。这时，有个轻柔的声音响了起来："别往前走，别往前走，溪水太深太危险！"听到这熟悉甜美的声音，他停了停，站在隔着乌云的昏昏的月亮下面，恍恍惚惚的。水不知什么时候已涨到了他的腰上，他仍然晕着头朝前走。

温蒂妮就躲在树下，被舒展的枝条和缤纷的花朵环绕着

“就算你只是个幻觉，只是个幽灵，那么也让我变成幽灵陪着你吧，亲爱的温蒂妮！”骑士大声说着，往深水里的步子迈得更大了。

“往这儿看，你往这儿看，傻乎乎的漂亮先生。”耳边又传来女孩的声音。骑士借着从乌云中暂逃出来的一点儿月光发现，洪水之中，有一块小小的残存的草地，那儿有棵大树，温蒂妮就躲在树下，笑眯眯的，被舒展的枝条和缤纷的花朵环绕着。

噢！骑士现在是多么兴奋啊！他快活地撑着松枝，三步并作两步，敏捷地穿过急流，跳上那块小小的草地，来到女孩旁边——那古老茂密的枝叶天然形成的小小帐篷，她正在那小帐篷下微笑地看着自己。见到骑士过来，温蒂妮微微起身勾住骑士的脖子，拉他和自己一块儿躲在里面。

“漂亮的朋友啊，你就在这里给我讲你的故事好了，那两个烦人的老人家听不到我们说话。这儿很隐蔽哩，比那个小破屋强多啦。”女孩悄悄地说。

“这儿就像一座天堂！”骑士拥着女孩儿，亲了亲她的脸庞。

这时，老渔翁也来到了附近，提高声音，对着那两个年轻人叫道："怎么，骑士先生，我好心请您来做客，把您当作正人君子来招待，您却在这里偷偷勾搭我的养女，让我这把老骨头在那头不停地找！"

"我也是刚刚才找到她呢，老爹。"骑士连忙回答。

"那就好。现在赶紧带着她回到陆上来吧。"老人说。

但是温蒂妮却怎么也不肯回去。她倔强地说，她宁愿和这漂亮的陌生人在林子里头待着，也不要回到茅屋失去自由，何况骑士迟早也要离开的。她伸出胳臂环住希尔布兰德，唱起了一首异常优美的歌：

淙淙清泉，出谷涣涣；
瞻瞻往往，碣石莽莽；
浚浚奕奕，缅然似觅；
潆洄入海，不复思归！

老人家听着这首歌，难过得哭泣起来。可温蒂妮却光顾着和骑士卿卿我我，一点儿也不为所动。直到她的新朋友心中不忍，出言相劝：“温蒂妮，看老人家那么难过，你不心软，我可不忍心啦，让我们回去找他吧。”

温蒂妮惊讶地睁大了水汪汪的蓝眼睛，然后用不情愿的腔调慢慢说道：“你若是想回去，咱们就回去，我听你的，但那老头儿得答应我，不准再阻挠你给我讲林子里的故事，其他的一切都好说。”

“回来吧，只要你回来。”老头儿抽泣着，再也说不出一句别的话，只是向着女孩儿的方向伸着双手，点着头，像是在应允。他的白发奇怪地覆在脸上，让希尔布兰德想起在林子里见到的那个点着头的白色大汉。没来得及胡思乱想，希尔布兰德就用胳膊夹住美丽的女孩，蹚水上了岸。

老人抱住了女儿的脖子，喜不自禁；善良的老太太也扑过来，抱着失而复得的女儿亲了又亲。两人一句责备的话都没有说出口，就连温蒂妮本人，也把方才的倔强任性忘记得一干二净。她撒娇诉述着被救的情形，用甜言蜜语把二老哄得心花怒放。

待他们的喜悦平复过来，天色已渐渐破晓，湖面映出了紫色的霞光，风平浪静，小鸟在湿润的树梢欢快地歌

唱。老夫妇微笑着同意了温蒂妮的要求，请骑士给她讲讲林中的经历。老太太端出了早餐，放在屋后的大树底下，众人围坐一圈，其乐融融——而温蒂妮则坐在了骑士脚边的草地上，这是她自己挑选的位置。

希尔布兰德开始讲起了他的故事。

第四章　骑士的林中遭遇

骑士开始讲述他的故事：“这得从八天前说起。我骑马路过那座自由的皇城，就在林子的另一头。刚到那儿，我就遇上了一次千载难逢的比赛。当然，这种比赛我一向是不会错过的。有一回，中场的时候，我取下头盔交给侍从，想歇息一会儿，忽然发现观众席上有位盛装打扮的漂亮小姐。

“我向旁人打听到，这位小姐名叫贝尔塔达，是当地一位很有势力的公爵的养女。我注意到，她也一直在盯着我看。这是年轻骑士常有的艳遇。接下来的比赛，我更加卖力，遥遥领先。就在当晚的舞会上，贝尔塔达成了我的舞伴，在接下来的几天都是这样。”

骑士垂在一边的左手莫名传来一阵刺痛，使他中断了讲述，低头看过去。温蒂妮用珍珠一般的牙齿紧紧咬住了他的一只手指，样子看起来既郁闷又恼火。忽然，她哀怨地抬头望向骑士的双眼，幽幽地说：“都怪你自己不好。”然后就把脸藏到一边。骑士困惑不已，若有所思地继续讲起来。

“贝尔塔达那个姑娘，又傲慢又古怪，认识她的第二天我就不那么喜欢她了，到了第三天更是如此。可我仍然和别人一起奉承她，因为，在一堆骑士里头，她只对我另眼相待。所以我才会和她开玩笑，让她给我一只手套。她回答说：‘要我的手套可以，但您得单枪匹马去那可怕的神秘树林里走一遭，然后回来告诉我那里边什么样。’我其实根本不在乎那手套，可君子一言，驷马难追，骑士可是不能轻易退缩的，就只好答应了。”

“我想她有点儿喜欢你。”温蒂妮打断了他。

“似乎是有一点儿吧。”希尔布兰德说。

“那么，”女孩笑着说，“她一定是一个傻瓜。把自己喜欢的人派出去，并且是去那么危险的林子里——终于讲到森林的故事啦！”

“昨天早晨，”希尔布兰德亲切地对着温蒂妮笑了笑，继续口若悬河地讲起来，“我毅然上路了，朝阳初升，青枝绿叶笼着丹色的霞光，清风过处，花草摇曳，飒飒有声。如此绝妙之处，居然有人望而生畏，我在心里暗笑那些蠢人，并且对自己说：‘我马上就可以穿个来回。’正在得意之时，我发现我已不知不觉进到密林深处，来时的路也全然不见。起初我想，林子里容易迷路，这可能就是最大的危险了吧。于是我停下来，找太阳的方向。太阳已经升高了。我发现有个黑乎乎的东西蹲在一棵高大的橡树上，看起来像头熊。于是我就去拔我的宝剑。但这东西居然像人一样说起话来：‘冒失的先生，如果我不把这些乱七八糟的枝条咬掉，今天半夜我们拿什么来烤你的肉呢？’说着，它龇牙咧嘴地把树枝摇出噼里啪啦的声响，把我的马儿吓得撒蹄狂奔，我都没有时间回头看一看那是哪一种鬼怪。”

“不要叫它的名字。”老渔夫画了个十字，老妇人也跟着画了一个，但是温蒂妮兴奋地望着骑士，眼睛闪闪发光。“这个故事最精彩的地方就是，他没有被烤！接着讲呀，可爱的先生！”

骑士继续讲述他的故事：“马儿受惊之后背着我横冲直撞，往树丛里乱闯，满身是汗，怎么都拉不住。最后它对准一座悬崖就冲过去了，就在那时，我看到一个高大威武的白色男人冲到路中间，我的马儿吓得瑟瑟发抖，然后就停住了，我也恢复了对它的控制。接着我发现，那不是什么白色男人，而是一条小溪，银光闪闪地从山上流泻下来，拦住了我马儿的去路。”

“多谢啦，亲爱的小溪。”温蒂妮拍着小手欢呼，但老人却摇了摇头，垂下眼帘，陷入了沉思。

希尔布兰德继续讲他的故事：“我好不容易在马上坐稳，刚握紧缰绳，就看到身边出现一个坐着的小矮人，样子很奇怪，他非常矮小，丑陋得无法形容，茶褐色的皮肤，鼻子和整个身体一样大；笑的时候嘴巴像小丑一样朝两边咧开。他不住地鞠躬行礼，那可笑的殷勤让人招架不住。我简短地向他问了个好，然后就策马转身。马儿还在发抖，日头已经偏西。我折转马头，想换条路走走，要是再碰不上别的什么，就打道回府了。可一眨眼的工夫，那讨厌鬼又拦在了马跟前。‘吁！’我生气地说，‘让开，我的马儿性子很烈，万一踩到你我可不负责。’

“小矮人托着帽子，愈加龇牙咧嘴地笑道：‘哎呀，给点儿酒钱吧，如果不是我拦住了你的马儿，你们现在就跌到山崖下面去啦！哈哈哈！’说着还不停地挤眉弄眼，觍着个脸纠缠不清。于是我就训他：‘别在这儿做鬼脸啦，拿着金子赶紧走吧，你这一派胡言的家伙！根本不是你救了我，而是那条小溪，你这烦人的矮东西！’我给他那怪模怪样的帽子里扔了一枚金币，就要离开，但矮人尖声叫着，又用不可思议的速度挡在我跟前。我策马飞奔，矮人也飞快地跟着，还将身子扭得奇形怪状，又滑稽，又可怕。

“他还举着金币，每跳起来一次就叫一声：‘金币是假的！金币是假的！假的！’那矮子吼出来的每一个字，都像是从胸腔里蹦出来的，声嘶力竭又刺耳，好像随时有可能会用尽气力倒地身亡。

“他还向人伸出他那丑陋的红色怪舌头，让人莫名其妙。于是我停下来问他：‘你这样尖声大叫是为了什么？重拿一枚金币去吧，两枚也行，只要别继续这样烦着我。’他又用初见面时那奇怪的客气嗓音叫道：‘不要金子，不要金子，年轻的先生。那破玩意儿我这里有的是，我现在拿出来给你看看？’

“突然之间，我们脚下的草地竟然变得像绿玻璃一样透明，平坦的大地变成了圆形，数不清的地精在里面跳来跳去，用金子和银子玩耍打闹，一会儿头朝上，一会儿又头朝下地转来转去，用金子和银子互相扔个不停，还把金粉吹到同伴的眼睛里去。而我身旁这可怕的矮子有一半身体站在圆球上，一半身体在圆球里，还不时命令其他的地精抓一把金子给他，然后尖声大笑着把金子拿给我看，把它们‘哗啦’一声扔到深渊般的地洞里。

“他还故意把我给他的金币拿给地精们看，把它们笑得死去活来，对着我嘘个不停。到最后，它们一个个全围过来，用沾满矿屑的指头指着我，越来越野蛮，越来越靠近，越来越疯狂。数不清的地精拥过来，有的还开始往我身上爬。我吓坏了，拼命用马刺夹我的马儿，让它快跑，然后就又冲到森林深处了。

“当我好不容易定住心神，将马儿停下时，周围的天已经黑了。我望见一道纯白的小径，在树丛中闪着微光。我想，顺着这路一定可以回去。我奋力去往那路的方向，却只看见一张白色的大脸，模模糊糊地在那里变幻形象，眼睛却穿过树叶一直盯着我看。我用尽全力躲避它的追视，却怎么拐也甩不掉它。我发了火，骑着马儿对着它冲过去，它却冲着我喷出许多白色的泡沫，逼得我一步步偏离那条小径，最终只能沿着一条路前行，那大脸一直凑在附近，只要我乖乖在那条路上行进，它就不再作怪。

“我不时回头向它张望，发现在这大脸之下还有巨大的身体，我有时又疑惑它是个巨大的水柱，却又不敢肯定。马疲人倦，我无力抗拒，只得按照那大脸逼出的路线行走，却只见它不停点着头，像是在说：‘就是这边！就是这边！’所以最终才穿过森林来到了这儿，当我发现林子尽头，绿草如茵的湖边你们这座小屋时，那白色巨人就消失了。”

“还好你走出来啦。”渔夫说。随后他开始商议用什么合适的办法把客人送回原处与亲朋相聚。这时温蒂妮狡猾地嘻嘻笑了起来。希尔布兰德发现了，就问道：“我还以为你会愿意我在这里陪你。怎么听说了我要走，反倒这么高兴呢？”

“因为你走不了，”温蒂妮回答，“你可以试试看，外面根本走不出去。水涨得那么高，流得又那么急，不管你是撑船、骑马还是涉水，一进去就会立即被卷来的石头和树干冲成碎片。就算是从门口的湖上划船出去也不可能，我父亲都从来不敢冒险呢。”

希尔布兰德微笑着起身去验证温蒂妮所说的情形，老人也陪着他去看，而那姑娘则欢快地在他们旁边跳着舞步。他们发现，一切正如温蒂妮所说，他们已被洪水困在此处，大水不退，骑士是没法从这儿走出去的。三人走了一圈，回到小屋，骑士低下头悄悄在女孩的耳边问道：“喂，现在怎么样？漂亮的小温蒂妮，我要留下来你会不会觉得厌烦呢？”

“哼，”温蒂妮冷脸道，“烦死啦！如果我不咬你一口，谁知道你还会说多少贝尔塔达的故事哩。”

第五章　湖边小住

亲爱的读者朋友，当您在尘世间漂泊行走，终于寻得一个适意之所，内心生发出对家园的恋慕和安身的愿望，那儿有纯洁绽放的童年之花，耄耋之年也可安详地息于纯洁深沉的关爱。您会迫不及待驻入温柔之乡，至于是对是错，将来是否会懊悔，都不是眼下该考虑的问题，亦不能作为今后悲伤的怀念。我们所能记起的，大概只有当时那无法言喻的甜蜜期许，那天堂般的宁静舒适。如此，您便能体会年轻的希尔布兰德住在湖边的那份惬意自在了。

眼看着洪水越涨越宽，多日不下，希尔布兰德心中窃喜，这样他就可以在这世外的小岛上多待些时日。他在茅屋的角落找到一张旧弓，修理好，然后每天背出去打猎，把打到的水鸟带回厨房当作大餐。每当他把战利品带回来，温蒂妮总会潸然泪下，责怪他的残忍，不该夺去无辜鸟儿的性命，但如果他空手而归，温蒂妮又会责怪他笨手笨脚，技艺不精，害全家人只能吃鱼。然而，骑士却对她的娇蛮甘之如饴，因为每次发过脾气之后，她总会甜甜地来撒娇。

渔夫老夫妇看到这小两口，也觉得欣慰。他们已把两人看作是订婚了的夫妇，或是已婚夫妇。他们在孤岛上相依为命，是二老晚年的陪伴和依靠。就连希尔布兰德本人，也有这样的感觉：在这与世隔绝的孤岛，他是温蒂妮夫婿的不二之选。似乎在环绕他们的洪水之外，另外的世界已不复存在，其他人也不复存在。他的马儿有时会发出嘶鸣，让他忆起自己骑士的身份。当他看到那刺绣的马鞍和鞍上的盾形徽章，间或在眼前闪出精芒；墙上的宝剑偶尔从钉子上脱落，在剑鞘里滑出不安分的寒光。每当这些景象催起他往日的豪情，他总是强压下内心的滞虑，安慰自己说：“温蒂妮并不是渔夫的女儿，她必定是哪国的王室小姐。”但有件事会让他心生反感，那就是老渔妇当着他的面教训女儿的时候，他的隐痛并非因为温蒂妮满不在乎又嘻嘻哈哈，而是出于那贵族的尊严受到挑战，但他却又无法提出非议，因为温蒂妮确实淘气，所做之事也实在顽劣，值得受十倍的责罚。他心里又着实敬爱这善良的老妇人。所以日子仍然过得愉快而宁静。

然而，这宁静也未能长久。平常他们在用餐的时候，渔夫和骑士会习惯分喝一小壶酒，尤其是在有风的夜晚，似乎已变成一种惯例。可是多日以来，渔夫未能出森林买酒，家中存货已被喝尽。这让两人十分难受。

温蒂妮看着愁眉苦脸的一老一少，高兴地取笑了整整一天，但渔夫和骑士却着实打不起精神参与她的玩笑。傍晚时分，温蒂妮跑了出去，临走时说，不愿意看见这两张拉长的怨脸。夜幕降临的时候，暴雨又在头顶酝酿，洪水也开始咆哮。骑士和老人吓坏了，要出门找那姑娘，唯恐她又像上次那样让人提心吊胆。但这次温蒂妮早早地回来了，欢快地拍着小手："如果我给你们找到酒，你们拿什么好东西来交换？不交换也行，只要你们别拉着脸，来笑一笑。快跟我来，洪水冲来了一只大桶在岸边，如果里面不是酒，就罚我一星期起不了床！"两人立刻跟着她跑了出去。果然在水洼旁的草丛里发现一只硕大的酒桶，他们喜出望外，倘若里面当真是酒，那足够喝好一阵子了。

他们争分夺秒地将酒桶往小屋的方向推着，因为西边的天空已逐渐被厚厚的乌云覆盖，朦胧的夜色中，隐约能看到湖面掀起了高高的白色浪花，像是在迎接暴雨的来临。温蒂妮也努力在一旁帮着推酒桶，眼看着暴雨就要倾泻而下，她忽然仰头笑嘻嘻地对着漫天的乌云威胁道："嘿，嘿，小心别把我们淋湿了，我们还没到家呢。"老人责怪她不应如此言语不忌，可女孩儿却盈盈而笑，不以为然。说来也怪，大雨居然真的迟迟未下，三人干干爽爽地回了家。直到他们打开那只大桶，发现里头果真是上等的好酒。这时，屋外树动枝摇，河浪滔天，暴雨倾盆般落了下来。

不一会儿，他们就将几十个空瓶都装满了美酒，够喝好些天了。一家人团坐在温暖的炉火周围，渔夫和骑士呷着这天赐的琼浆玉露，听着屋外的风雨好不惬意。忽然，渔夫的表情变得凝重起来："噢，仁慈的天父啊，我们对您的恩德感激不尽。只是可怜那酒的主人，却恐怕已葬身水底了。"

"这可未必。"温蒂妮笑嘻嘻地给骑士斟了满满一杯酒。

但希尔布兰德却答道："老爹，我以名誉担保，若是我知道他在哪儿，我将不畏艰难险阻去救他。我向您保证，若是今后能够走出去，我会找到他或他的亲人，将酒钱双倍或三倍奉还。"

老人听了这番话十分高兴。他赞许地点点头，将面前的酒一饮而尽，觉得良心上稍微好受了一些。

温蒂妮却冲着希尔布兰德说道："你要赔人家酒钱，随便你，但如果要出去找，这是说傻话。你要是不见了，我的眼睛都要哭坏了。在这里喝着美酒，乖乖陪着我岂不是很好？"

"是的，的确。"希尔布兰德微笑着说。

“还有，”温蒂妮接着说道，“你的话太傻。有道是，仁爱之举始于家。人不为己，谁来顾你？”

老妇人转过身去长叹一声，摇着头。老头儿也一反往日对女孩儿的溺爱，厉声责备道：“你说这话简直就像，就像是野蛮人或是异教徒教出来的，愿上帝原谅你和我，你这无法无天的逆子啊！”

“好吧，不管怎么样，我的想法就是这样。管他是谁教出来的，你怎么说都没用。”温蒂妮顶嘴道。

“住口！”老渔夫气得大声喝道。温蒂妮虽然任性，却也吓得缩到一旁。她发着抖躲到希尔布兰德身边，轻声轻气地问：“你也一样生我的气吗，我的朋友？”骑士握紧她的小手，安抚地摸着她的头发。老渔夫对待温蒂妮的态度太过粗暴，使得他胸中烦闷，无法出声，两位老人也心怀不悦地相对而坐，众人陷入了尴尬的沉默。

第六章　婚礼

这时，一阵轻轻的叩门声传来，在这尴尬的静谧中显得格外诡异，屋内的人都被吓得不轻。人在猝不及防的时候，确实很容易受到惊扰，何况又是在这人迹罕至的地方，旁边就是神秘森林。他们面面相觑，不知如何是好。

接着，敲门声又一次响起，这次还夹杂着呻吟。希尔布兰德一跃而起去拿他的宝剑，却被老渔夫轻声制止了："骑士先生，如果门口来的东西是我所担心的，什么武器都不管用。"

这时，温蒂妮来到门前，不客气地对着外面怒喝道："淘气的地灵，你要是想耍什么鬼把戏，克偻伯恩一定会好好教训你！"

这古怪的话让屋里的人惊恐更甚，目瞪口呆地盯着温蒂妮。希尔布兰德提起勇气，正欲开口询问，门外忽然响起一个疲惫的声音："我不是什么地灵，我是人。请屋里的大伙儿行行好，看在上帝的面上，开门收留我吧。"

话音未落，温蒂妮就冲上去开了门。她提着灯往门前一照，只见一位年迈的神父正站在门口。神父冷不丁看到这仙姿玉貌的少女，不禁吓得倒退一步，心想：这荒野中的茅屋，怎么会出现如此美貌的女子？该不会是巫术变出来的吧？于是，他心惊肉跳地祈祷："敬请一切善灵，赞美我主我神！"

"我不是鬼怪，"温蒂妮笑着说，"我看起来很可怕吗？您看，您的祈祷并没有吓到我。我和您一样信上帝，赞美上帝，我们都是他的子民。请进吧，尊敬的神父，屋里都是好人。”

老神父躬身谢过，然后就进了屋，他看起来既庄严又温和，只是头发、胡子都往下滴着水，身上的衣服也被雨水淋得湿透了。老渔夫和骑士带他进了内室，招呼他换下湿答答的衣服，又交给老妇人去晾干。神父谦恭有礼地向他们道谢，却怎么也不肯穿上骑士拿给他的华丽斗篷，只选了渔夫灰色的外套。回到外屋，老妇人坚持让神父坐到她的大椅子上。她说：“您年纪大了，又累坏了，况且您是侍奉上帝的人，理当上座。”

温蒂妮也将自己平时坐的小凳子从骑士的座位旁边拉过来，垫到老神父的脚底下。她表现得既恭敬又有礼貌。希尔布兰德在她耳边悄悄取笑了一句，女孩儿却非常严肃地回答：“他是造物主上帝的仆人，这可不是开玩笑的事。”

骑士和老渔夫给疲惫不堪的神父端上了食物和酒，神父吃喝完毕，恢复了精神，开始讲述他的故事。他来自湖对面的那所修道院，这次的洪灾太肆虐，将修道院和邻近的村庄都淹了，于是，他昨天动身去找主教，向他报告洪灾的事。因为很多地方都被淹了，所以他绕了很远的路。今天傍晚，他又被大水困住了，只好找了两名熟练的船夫载他渡河。

“小船刚入水没多久，狂风暴雨就劈头盖脸地浇了下来，湖水波涛汹涌，掀起滚滚的巨浪，就像是冲着我们来的，要载着船儿疯狂地舞一曲。一个大浪打来，船夫手里的桨就不知去向了，我们在船上不住地对天祈祷，任其飘摇，直到在薄雾和泡沫中隐隐看到远处似乎有个小岛，然后船儿就栽进了旋涡，不知是船翻了，还是我自己落了水。我在水里恍恍惚惚，只以为自己就快要死了，直到又一个大浪过来，将我推到了这座小岛的大树下面。”神父说。

“小岛，”渔夫叹道，“是啊，现在确实是个岛，可一两天之前，很多地方却还是陆地呢。林子里那溪水和外面的湖水就像是中了魔咒，把周围淹得面目全非了。”

“唉，看来是这样，”神父说，“我在黑夜里沿着水边爬行，光听到远处风吹浪打，好不容易发现一条小路，半泡在水里，远处又有小屋的灯光，我就鼓起勇气涉水找来了。我不知该怎样感谢我的天父，将我救了出来，又指引我来到你们这么虔诚的人家。况且，除了你们四位，我都不知道余生是否还有机会见到其他人了。”

“此话怎讲？”老渔夫问。

“你知道这洪水何时能退呢？我已一把年纪，风烛残年了，未必能活到大水退去的那天。若是洪水一直不退，越涨越高，渔船划不出去，与外界也联系不上，那就只能待在这儿与世隔绝啦。”

这话把老妇人吓了一大跳。她连忙画了个“十”字，说：“上帝保佑！”

但老渔夫却微笑看着老妇人说：“这有什么好害怕的呢？就算是大家都出不去，对你来说，也没有什么分别啊，我亲爱的夫人。多年来，你又何曾走出过这座林子呢？你可曾见过除了我和温蒂妮以外的人吗？骑士和神父不也是最近才到这里的吗？即便这儿真的与世隔绝了，不是也比原先更热闹吗？”

“我也不知道，”老太太说，“虽然没见过除你们之外的其他人，也不认识其他人，但若是真的同外面的世界隔绝了，总觉得心里怪怪的。”

“你要留在这儿啦，你要留在这儿啦！”温蒂妮像唱歌一样轻轻在骑士耳边嘀咕着，往他身边靠得更近了些，而骑士则陷入了奇怪的遐思。

当神父讲完最后一句话，那林子和湖水、那外面的世界好像离他越来越远，而这人迹罕至、绿草成茵的小岛则变得越来越清新可爱，仿佛在脑中对着他微笑。身边这位姑娘就像是一朵最娇艳欲滴的玫瑰，遗世独立，为他盛开——这儿还有一位现成的神父哪！这时，老妇人用不悦的眼神瞪了一眼温蒂妮，嫌她当着神父的面与骑士靠得太近，眼看着一连串责骂的话即将奔涌而出。于是，骑士连忙向神父恳求道；“尊敬的神父先生，在您的面前有一对未婚夫妇，如果这位美丽的女士和两位好心肠的老人家不反对，就请在今晚为我们完婚吧。”

老夫妇听了十分惊讶。虽然他们也曾私下考虑过此事，却一直隐而未表，如今骑士忽然提了出来，着实让人有些措手不及。

而温蒂妮本人却忽然严肃起来。她低下头，盯住地面若有所思。神父询问了来龙去脉，并征求了二老的意见。一番家庭会议之后，婚事就这样确定了下来。老妇人起身去布置新房，还找出两支珍藏的圣烛——她觉得这是婚礼上必不可少的。这时，骑士也解下了自己的金链子，打算把它做成两只金戒指，好在婚礼时和新娘做交换。

温蒂妮见了，如梦初醒："不，不要这个。我生下来时父母就给我预备了首饰，他们早料到我会有这一天啦！"说着，她飞快地跑出门去，不一会儿，就带回来两只精致华贵的戒指，给了新郎一只，自己留一只。老渔夫大吃一惊，刚刚进来的老妇人也很惊奇——这么多年来，他们从没见过这孩子有这对戒指。

温蒂妮说："当初，我的亲生父母把它们缝在我的连衣裙里，不让我告诉任何人，说只有结婚时才能拿出来。

所以，我就把它们藏起来了。”

神父打断了众人的疑问，点起圣烛，将它们放到桌上，让两位年轻人站到自己面前，给了他们简短而庄严的祝福。老夫妇也祝福了这对新人。新娘却靠在骑士身上微微颤抖，像是有心事。

这时神父忽然开口：“你们这些人真是古怪！为什么会对我说岛上没有旁人呢？整个婚礼仪式，我都看到一个高高的人影，穿着白色的斗篷，从窗外往屋里看，现在依然在那儿。他一定是在等你们邀请他进屋呢。”

“上帝保佑啊！”老妇人吓得浑身发抖，老渔夫不停地摇头，一句话也不敢说，希尔布兰德冲到窗前，似乎是有道白光在黑暗中一闪，转眼就消失不见了。于是他向神父保证一定是后者眼花了，接着，众人一起围坐到壁炉旁边。

第七章 新婚之夜

从婚礼开始到结束，温蒂妮一直都表现得温顺又安静，但婚礼刚结束，她奇怪的顽劣就不可抑制地全部爆发出来，连一点害羞的意思都没有。她孩子气地冲着新夫婿恶作剧，在养父养母面前捣蛋，甚至捉弄可怜的神父——

刚刚她还很尊敬他来着。老妇人刚要斥责，骑士就勇敢地护在了前面，说温蒂妮现在已经是他的妻子了，他会照管。其实骑士本人头疼的程度不亚于其他人。他想方设法，又是挤眉暗示，又是好说歹说，却收效甚微。有时，新娘子注意到他的狼狈，会马上收敛一些，坐到他身边，亲昵地摸摸他，笑眯眯地对着他耳边说点儿悄悄话，让他皱起的眉头又缓和下来。但她的乖巧只是暂时的，不一会儿，就又开始活蹦乱跳地捣乱起来，顽皮程度比起先前更甚。

最后，年迈的神父忍不住发话了，声音和蔼而严肃："我亲爱的姑娘，您年轻漂亮、活泼可爱，谁见了都会欢喜，但您应当稍稍注意一下您的举止，修养您的灵魂，才能与您那风度翩翩的夫君更加和谐啊！"

"灵魂！"温蒂妮笑了起来，"听起来确实不错，您的忠告对寻常人来说很适用。但我想请问您，若是一个人压根儿就没有灵魂，那又应当怎样'修养'呢？而我，就是这样的情形。"

听了这话，神父觉得受了重创，立刻住了口，拂袖转脸，不愿再理她。可温蒂妮却缠着他，乖巧地哄道：

“不，您先别生气，您生气的样子使我痛苦。您肯定不会让一个无辜的生灵痛苦，请耐心一些听我说，我想向您解释这件事。”

温蒂妮酝酿一番，刚预备开口坦白说明，却忽然愣了愣，然后浑身抑制不住地颤抖起来，大把的眼泪夺眶而出，像是被一样无形的东西抓住了。没有人知道她发生了什么事，其他人都不知所措地盯着她，各怀忧惧地沉默着。

过了一会儿，她平静下来，擦去脸上的眼泪，严肃而诚挚地望着神父，说：“灵魂这个东西很奇怪，它一定很美丽，但我又觉得它很可怕，神父先生，请告诉我，像我们这种没有灵魂的生物，如果没有得到灵魂做礼物，是不是就没法‘和谐’了？”

温蒂妮停了停，像是在等待神父的回答。她已经不再流泪。

屋里的人们已吓得从座位上蹦了起来，惶恐地退到周围。但是，温蒂妮只是专注地盯着神父，脸上呈现出诡异的好奇的神情，把旁观的人吓得够呛。

“它一定是个很沉重的负担。”没有人敢接她的话。

然后她接着说道："太沉重了！仅仅是它的影子靠过来，我心里就觉得悲哀和忧虑。可我之前是多么无忧无虑啊！"说着，她的双眼又涌出了大片的泪水，将脸蛋埋进自己的衣服里。这时，神父脸色凝重地走到她的身边，庄严地对她念起了圣咒，要召唤圣灵来驱除附在她身上的邪物，将她从魔鬼的蛊惑中拯救出来。温蒂妮乖乖跪倒在神父面前，跟着他一起虔诚地念诵，赞美上帝，并抗议说自己一心向善，并未受任何蛊惑。

最后，神父转过身，对骑士说："新郎先生，现在我把你的新娘交给你了。根据我的经验，这姑娘并无邪恶之处，只是有点儿稀奇古怪。我给你们三个忠告，可保你们今后幸福平安，那就是：谨慎、爱和忠诚。"说完，他就走了出去，老渔夫夫妇紧随其后，手里还不停地画着"十"字。

温蒂妮还依然跪在那里。她将蒙在脸上的衣服拿开，怯怯地对希尔布兰德说道："唉，你现在肯定不愿要我了。可我从未做过半点邪恶的事，我就是个可怜的孩子啊！"她说话的模样精致优雅、楚楚动人，骑士立即把刚才的恐惧忘得一干二净，也不再追究她谜一般的身世。他一个箭步过去扶起妻子，将她搂在了怀里。温蒂妮破涕为笑，就像是晶莹的小溪映着破晓的阳光。

“你不会离开我。”温蒂妮用柔软的小手捏着骑士的脸，充满信心地嘀咕道。

骑士竭力将内心深处的疑惧抛至脑后，不再去猜测她究竟是仙女还是精怪，但他还是忍不住开口问了一件事：“温蒂妮，我的小乖乖，告诉我，在神父敲门的时候，你说的地灵和克偻伯恩究竟是怎么回事呀？”

“是童话而已啦，”温蒂妮高兴地说，“童话故事里的。一开始我吓唬你，后来你再吓唬我。故事结束啦，新婚之夜也结束啦。”

“不，还没有结束呢。”说完，骑士深情地吹熄了蜡烛，借着窗外明媚的月光，他迫不及待地吻着娇妻，将她抱进了新房。

第八章　婚礼次日

明媚的晨光将小两口从睡梦中唤醒了。希尔布兰德一夜都没有睡好，一直在做奇怪的梦，一会儿是龇牙咧嘴的幽灵装扮成美貌的姑娘，一会儿是漂亮的女人变成了恶龙的模样，总之是荒诞离奇。他被噩梦惊醒，只看见冷冷的苍白的月光。骑士心惊胆战地望向温蒂妮，发现自己正枕着她的胳膊。她面朝自己睡着，样子依然那么可爱优雅。于是他在妻子唇上轻轻一吻，继续睡去，却又被新的噩梦惊醒。醒来后，他回忆起这些，陷入了深深的自责。他怎么能疑心自己亲爱的妻子呢？他请求温蒂妮原谅自己无端的猜疑，她却向他伸出一只手，长长叹了口气，未发一言。她的眼神温柔而深情，并无一丝埋怨，于是骑士定下心来，怀着轻松的心情起床去向长辈们问安。

三位老人忧心忡忡地围坐在壁炉前，好像没有一个人敢大声说话，神父似乎正在默念一些驱邪的圣咒。当他们看到年轻的新郎心情愉快、毫发无损地走了出来，不由得大大松了一口气。

老渔夫慈祥地和骑士开起了玩笑，把一旁的老妇人也逗乐了。接着，温蒂妮也走到了门口。大家都站起来准备贺喜，却又惊奇地发现，这位新嫁娘看起来竟熟悉又陌生。神父率先慈爱地走了过去，抬起一只手给她祝福。温蒂妮虔诚地跪在地上接受了祝福，温柔诚恳地向他道歉，请神父原谅自己前日的愚蠢和轻狂，并热忱地请求他为自己的灵魂祷告。然后，她站起身去亲吻她的养父养母，感谢他们的慈爱和付出。

“噢，我能深深感受到你们为我付出了那么多，多到无法用语言来形容！我亲爱的爸爸妈妈！”

她深情地拥抱着养父养母不愿放开，但当她注意到老妇人打算去做早餐，就立即抢先奔到炉灶前，把一切都料理好。她再也不能忍受亲爱的老母亲劳累了。

整整一天，温蒂妮都表现得安静、细心又充满柔情，俨然一位害羞温柔的小主妇。骑士和老夫妇习惯了她的反复多变，已做好心理准备，时刻提防着她那顽劣脾气再次爆发，却一直没有等到那一刻。自始至终，温蒂妮都是温淑贤雅，像天使一样可爱。神父简直目不转睛。他对骑士说道：“骑士先生，上帝慷慨，通过鄙人交给了您一件稀世珍宝，您一定要好好珍惜，如此便会一生受用不尽。”

黄昏时分，温蒂妮轻轻挽着骑士的胳膊，温柔地引着他出了门，蕙风如薰，夕阳草露，绿树青苔，甚是赏心悦目。年轻的妻子眼里闪着深情和悲伤，绛唇翕动，欲语还休，满腹心事只化作微微的一声叹息。她领着丈夫向前一直不停地走，无论骑士对她说什么话，她都不发一言，只是用满含深情的两汪秋水盈盈地望着他。当他们走到林中涨水的溪涧边，骑士惊奇地发现，潺潺的水流已变得和缓，先前的湍急汹涌消失得无影无踪。温蒂妮哀哀地说："等到明天，这儿的水就会完全退下去，到时你想去哪儿，就可以去哪儿了。"

可是骑士笑着回答她："那也得带着你一起呀，我的小温蒂妮。就算是我想要抛弃你，教堂和神父、国王和国家也不容许，一定会逼着我把你找回来的。"

"啊，你要带着我，你要带着我！"温蒂妮半哭半笑地抽泣着，"我知道你不会离开我的，我太爱你了。把我抱到前面那棵树底下吧，咱们去那儿商量。其实我自己也可以蹚水过去，可是我喜欢被你抱着。就算是你要抛弃我，也让我最后一次抱抱你。"

她的话让骑士又是心惊又是爱怜。希尔布兰德不知该怎样回答，只是抱着她去了那里，他想起，这就是第一天晚上，他帮渔夫将她找回去的那个地方。骑士将温蒂妮抱到那块柔软的草地上，刚想和这美丽的小麻烦并肩而坐，却又被她拦住了："别坐这儿，坐到我对面，这样我在你说话之前，可以看到你的眼睛。现在请注意听我说，请一定要认真听。"

然后她缓缓开了口："你知道吗，我的爱人，这世上有些生灵的外表就和正常人一样，但它们很少让人类看到。在火焰里，居住着闪闪发光的火灵；在地底下，居住着干瘪狡诈的地精；树灵住在空中，成天在森林里游荡；还有庞大的水妖家族，它们住在湖泊、溪流和小河里，隐藏在银纱般神秘闪光的水波下面。它们的宫殿有水晶的穹顶，晶莹剔透，热闹非凡。从宫殿里，可以透过穹顶看到天空，欣赏日月星辰；高大的珊瑚树结着红色和蓝色的果实，在花园里熠熠生辉。宫殿的地上铺满了从海边取来的白沙和五颜六色的贝壳；年代久远的奇珍异宝随处可见，都是当今世上已经失传的宝贝，还有一排排庄严宏伟的古迹，深情的流水给它们缠绕上美丽的海草，盖上精致的苔藓花作装饰。水妖们都很可爱很美丽，姿容出尘。常有渔夫会碰巧偷看到窈窕的人鱼从水中袅袅升起，唱着宛宛清歌。那渔夫就将遇见人鱼的事情说给其他人听，还把这美丽的生物叫作'温蒂妮'。亲爱的，现在在你面前就有一个温蒂妮。"

骑士拼命说服自己，这只是他可爱的新娘恶作剧的脾气又犯了，她只是想拿这种夸张离奇的故事来愚弄他取乐。他这样在心里对自己说了一遍又一遍，却无济于事，竟不由自主地发起抖来。他惊恐地瞪大眼睛看着身边的爱人，吓得一句话也说不出来。

温蒂妮悲伤地摇了摇头，发出一声沉沉的叹息，然后接着说道："我们有和人类相似的相貌和身体，也一直以人类自居，但我们的族群一直有一个心病：我们是由别的元素组成的，没有灵魂。人类死后，还有不朽的灵魂，而我们死后，却会变成灰尘，被风浪卷走，被火烧尽，或是散落在沙石泥土之间。我们本该生活得无忧无虑，万事不愁，就像是夜莺、小金鱼，或是其他自然的宠儿，但往高处发展乃人之常情，我们也不例外。我的父亲是地中海之王，势力很强大，我是他的独女。他希望我能获得人类的灵魂，但同时也需要经历人类的艰苦。人鱼要得到灵魂，只有与人类深深相爱，结为夫妇才可以。我现在已经拥有自己的灵魂了，谢谢你，我的爱人。倘若你不嫌弃我，不让我伤心，我就用一辈子来报答你；如果你要抛弃我，将我从你身边赶走，我也心甘情愿，我不能用谎言将你留在身边。如果你不要我，就自己回去好了，把我一个人留在这儿吧，我会跳进这洪流里，它是我的叔叔泉仙，是一位隐士，一直在林子里避世独居，不与人来往。他很强大，很多有身份的溪流都爱戴他。就是他把我送到这儿来的，那时我还是个天真烂漫、嘻嘻哈哈的小女孩，如今我已变成了有灵魂的、为情所苦的女人，他自然也会送我回到父母身边的。”

她还要继续往下说，可希尔布兰德却满怀爱怜地将她揽进了怀里，抱着她往岸边走去。他流着泪亲吻自己的爱人，发誓说绝不会抛弃她。他宣称自己比希腊神话里那位著名的雕刻家皮格马利翁还要幸福——他那座美丽的雕像被爱神维纳斯赋予了生命，并成为他的妻子。温蒂妮靠在骑士的臂弯，对他充满了甜蜜的信赖。回小屋的路上，她满心欢喜，也不再想着去找她那水晶宫殿中的神秘父王了。

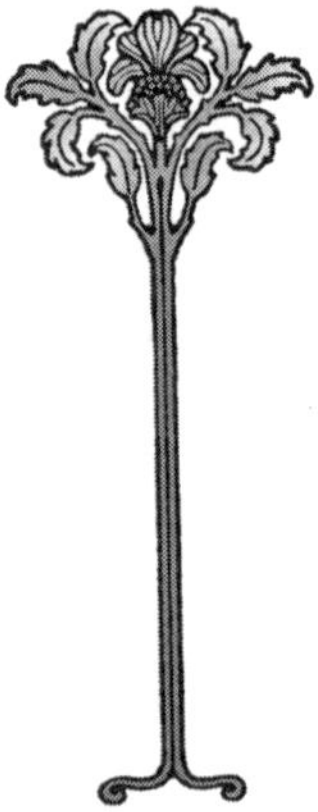

第九章　走出森林

第二天早晨，骑士醒来的时候，发现枕边空无一人。他又开始胡思乱想，怀疑自己中了巫术的圈套，那甜美可人的娇妻并不存在，不过是魔法幻化出来的人形罢了。他正在那里发呆，温蒂妮走了进来，坐到他身边。

“亲爱的，我一大早就去找我的叔叔，看他是不是说话算话。他已经把大水收走，返回林中自由自在了；他那空中和水里的朋友们也都打道回府啦。现在外面一切太平，地也都干了，你可以回家啦。”

希尔布兰德愣愣怔怔，恍如梦寐，对妻子那些奇怪的亲眷关系一片茫然，但他并未多言，内心残存的不安也很快被妻子优雅迷人的姿态消灭了。两人惬意地站在门前，眺望着潮水退尽后的翠绿色美景。骑士在这爱情的摇篮里心旷神怡，忍不住说道：“我们一定要今天走吗？难得这种世外桃源，为何要急着离开呢？让咱们再待两三天，多看几回落日吧！”

“悉随君便，”温蒂妮顺从地说，“我只是担心，若是再待下去，那对可怜的老人会更加伤心难过。现在他们认为我还是当初那个没心没肺的丫头，我的温顺和安静也只是一时的风平浪静。如果他们发现我如今有了灵魂，知道我对他们满满的尊敬和深爱，他们的老眼都会哭坏的。人非草木，孰能无情？我请求你，在我们离开之前，帮我向他们隐瞒我已有灵魂的事，但如果我们待得太久，又如何能瞒得住呢？”

希尔布兰德听从了她的话。他立刻去找老渔夫夫妇，向他们辞行，神父也要和他们一同上路。与两位老人话别之后，神父和骑士把温蒂妮扶上马，沿着大水冲出的一条路，快步往林子里走去。温蒂妮无声地哽咽着，老夫妇在他们身后放声哭泣，目断魂销，像是预感到从此将失去他们亲爱的养女了。

三人默默走到林子深处，这儿绿树成荫、草木繁盛，美丽的温蒂妮端坐在马背上，风姿绰约，光彩照人。神父身着白袍庄严地走在一边，骑士披着华丽的斗篷，腰上别着亮闪闪的宝剑，神采奕奕地走在另一边。

希尔布兰德一双深情的眼睛全心全意盯在他美丽的妻子身上，温蒂妮也已拭干了眼泪，两人四目相对，柔情似水，心无旁骛。直到听到神父和人低低的谈话声，才发现，不知什么时候，已经出现了第四个人。那人也穿着白色的袍子，只是帽子拉得很低遮住了脸，长长的袍子很是宽大，在路上拖拖挂挂，他时不时就要用手往上拉一下，但这并未妨碍他敏捷的行动。

当年轻的夫妇注意到这位不速之客的时候，对方正和神父聊得津津有味："所以说，尊敬的先生，我住在森林

不知什么时候，已经来了第四个人

里很多年了，只是千万别叫我‘隐士’，我并不是你们所说的‘隐士’，因为我既不懂忏悔，也不需要修行。我只是喜爱这林子的幽静之趣，喜欢拖着这长长的白袍子在枝叶和林荫当中走来走去，偶尔被漏下来的甜美的日光照一照。”

“您真是个奇怪的人，”神父说，“我还想再多了解您一点。”

“我还喜欢转来转去，”不速之客说，“敢问您又是什么人？”

“别人都叫我海尔曼神父，我来自河对岸的圣母玛利亚修道院。”神父回答。

“我的名字叫克偻伯恩，准确地说，我的全名叫作克偻伯恩勋爵或是自由的克偻伯恩勋爵，因为我在这林中就像鸟儿一样自由，或者比它们更自由。比如说，现在我就要去和这位女士说几句话。”

他们还没反应过来，这个陌生人已从神父身边消失，转眼就到了温蒂妮跟前。他拉长身体，刚想在温蒂妮耳边说点儿什么，她却立刻警觉地缩到一边，嘴里大叫道：“我和你没有半点儿关系！”

“呵！呵！”陌生人冷笑道，“结了个了不起的婚，就六亲不认了？把你克偻伯恩叔叔都忘了？是谁辛辛苦苦把你背到这地方来的？”

“我只想求求你，不要在我面前出现啦。我现在害怕你出现。如果我丈夫看到我和你这样怪的人是亲戚，吓得不要我了，怎么办？”

“我的小侄女儿，你别忘了，我是来领你们出去的，这块儿可是地精的地盘，有我在，它们才不敢耍什么鬼把戏。就让我悄悄地跟着你们吧。那老神父的记忆力可比你好，他说我看起来有些眼熟，说曾经在船上见过我，他曾经从那艘船上掉到水里。没错，我就是那个把他扔下船的旋涡，还把他完好无损地冲到了你住的地方附近，好给你主持婚礼。”

温蒂妮和骑士转过头去看神父。可他似乎已变得恍恍惚惚，像是在梦游一般，对身边发生的事一概不知。

温蒂妮赶紧说道：“瞧，林子的出口就在前面，我们已经不需要你护送啦，除了你再没有什么值得害怕的东西了。求求你，行行好，快消失吧，不要打扰我们的安宁。”

但克偻伯恩看起来受到了冒犯，他的脸变得很可怕，凶狠地对着温蒂妮龇牙咧嘴。温蒂妮吓得大声尖叫，让丈夫来救她。骑士闪电般绕了过来，对准克偻伯恩的头一剑砍过去，却只砍到了一抹瀑布，那瀑布从一座峭壁上直泻下来，飞溅的水花把他们从里到外浇了个透湿，哗啦啦的水声听起来像是有个人在笑。

这时，神父像是突然如梦初醒：“我就说嘛，原来是瀑布的声音。刚才我还以为是有个人在和我说话哩。”

而希尔布兰德却真真切切听到了，那瀑布说的是：

横冲直撞，

一介莽夫；

忤之于吾，

不嗔不怒；

汝妻在侧，

好生照护；

横冲直撞，

一介莽夫！

汝妻在侧，

好生照护！

没走几步，他们就出了林子，来到一片开阔之地。宏伟的皇城就在眼前，落日熔金，照得城楼映上一层金灿灿的光，众人身上湿透的衣服也被和煦的阳光晒干了。

第十章　皇城

当初，骑士的有去无回着实掀起了轩然大波，很多人惦记着他在比赛中的精彩表现和他的翩翩风采，为他担心忧虑。他的随从们也一直守在城里，但谁也不敢冒险踏进那座神秘森林，只能抱着渺茫的希望等待着，悲伤地回忆主人的音容笑貌，这似乎也是人之常情。后来，当暴风雨和汹涌的洪水来临的时候，人们几乎对骑士的归来不抱希望了。贝尔塔达也悲恸欲绝，不住地自责，觉得是自己害了那可怜的骑士。她的养父母，也就是公爵和公爵夫人，想要把她带回去，而贝尔塔达却哀求他们留下，等那位吉凶未卜的骑士有了确切的消息再走。她竭力鼓动身边其他的追求者也进到那林子里去找希尔布兰德，却不愿以身相许作为回报。她仍希望希尔布兰德能安全地回来，向她求婚，因此，那些追求者没有一个人愿意。谁会为了一只手套、丝带或是区区一个吻来以身试险呢？更何况还是去寻找一名情敌。

而现在，骑士居然自己回来了！他的仆人们和城里的居民都欢呼雀跃，只有一个人没那么高兴，那就是贝尔塔达。因为骑士还带回了一个美艳绝伦的妻子，同来的还有他们的证婚人海尔曼神父。她除了悲伤就是恼怒。原因有二：其一，她是一心一意爱着骑士的；其二，她因为骑士的失踪而悲伤的时候，全城的人都看见了。然而，她仍然像一位聪明的女士那样，保持着她的得体，对温蒂妮表现得非常友好。众人都以为温蒂妮是一位公主，是被骑士从魔法森林解救出来的。每当被问及这个问题，夫妇二人都会聪明地保持沉默，或是巧妙地把话题引开；海尔曼神父也一直守口如瓶，不给好事者半点打听的机会，并且，希尔布兰德一回到城里，神父就立即起程回修道院了。众人只能靠猜测来满足好奇心，哪怕是贝尔塔达，也不比他们多知道多少。

时间一天天过去，温蒂妮发现自己越来越喜欢这个漂亮的姑娘。“我感觉我们好像很久以前就见过面，”她经常对贝尔塔达这么说，“或者说，我们之间一定有什么奇怪的联系，有某种深沉的、神秘的渊源，否则我不会一见面，就感觉你是那么地亲切。”

就连贝尔塔达自己也无法否认，每当她和温蒂妮在一起时，就会有一种互相吸引的感情，尽管后者是她的情敌。这种感情是那么强烈，以至于她们双方都不愿意分离。因此，她们各自向丈夫或养父养母请求，将离别的日子一拖再拖。甚至提议，让贝尔塔达陪同温蒂妮一起去骑士在多瑙河源头的那座城堡小住几日。

在一个美丽的晚上，这对年轻夫妇邀请贝尔塔达一起散步，其间谈到了此事。他们绕着绿树成荫的皇城广场走了一圈又一圈，深蓝的夜空星光闪烁。广场中央有座壮美的喷泉，晶莹的水柱拔地而起，飞珠落玉，景象瑰丽，他们不时停下来发出赞叹。树影间隙透出附近人家的亮光，孩子们欢快的嬉戏声不绝于耳。这番热闹的景象使他们轻松愉快，天地明朗，日间的烦恼一扫而空，贝尔塔达去林斯特滕城堡的事看起来也似乎没了阻碍。于是，他们开始商定出发日期。这时，有个高大的男人从喷泉的方向走了过来，很有礼貌地向三人鞠躬致意，随后在那年轻妻子的耳边小声嘀咕了一句。被这陌生人打断谈话，温蒂妮有些不耐烦，但还是跟着他走到一边，低低地用听不懂的语言说了一会儿话。希尔布兰德感觉这个男人有点儿眼熟，于是一直盯着他看，根本顾不上身边贝尔塔达惊诧的询问。

忽然，温蒂妮笑逐颜开，欢快地拍着手，从那陌生人的身边跑回来，而那陌生男人却摇着头，沉着脸，匆匆走到喷泉那里消失了。这时，希尔布兰德更加确定了他的猜测。而贝尔塔达又问道："亲爱的温蒂妮，刚才那喷泉师傅找你做什么？"

年轻的妻子甜甜一笑，神秘地回答说："亲爱的，等后天你过生日的时候，自然就会知道啦！"除此之外，她没有再透露一句，只是邀请贝尔塔达和她的养父母那天一同过来，与他们夫妇共进晚餐，然后他们就各自归去了。

“克偻伯恩？那个人是克偻伯恩吗？”贝尔塔达离开之后，希尔布兰德对美丽的妻子问道。走在越来越黑的街道上，他有些不寒而栗。

“是的，就是他，”温蒂妮回答，“他故意和我说了一些蠢话，但他在无意间，让我知道了个天大的好消息。我亲爱的丈夫，如果你现在就想知道，只管命令我，我一定言无不尽，但若是你愿意让你的妻子真正高兴，就请等到后天，大伙儿一起分享这个惊喜。”

能让身边的可人儿开心，骑士自然乐意之至，答应这甜蜜的请求只是小事一桩。晚上睡觉的时候，温蒂妮还在睡梦中微笑着喃喃自语：“亲爱的，亲爱的贝尔塔达！她知道那个消息之后会多惊讶、多高兴啊！”

第十一章　贝尔塔达的生日

生日晚宴开始了。众人围坐席前，贝尔塔达全身戴满了珠宝和鲜花，顾盼生辉，像春天女神一般，端坐在温蒂妮和希尔布兰德中间。当晚宴快到尾声，大家都在等着最后一道甜点的时候，大门按照德国古老的风俗敞开着，好让平民百姓都能一饱眼福，共同庆祝。仆人们忙碌地穿梭着，给围观的人群发放蛋糕和葡萄酒。希尔布兰德和贝尔塔达一心惦记着说好的惊喜，总是眼巴巴地往温蒂妮的方向看，温蒂妮却始终一声不吭，光顾着抿嘴偷笑。只要是了解她心思的人，都不难看出，她守住这事秘而不宣，着实憋得很辛苦，就像是馋嘴的孩子，甜蜜地守着最后一块糖果。

贝尔塔达和希尔布兰德被她喜不自胜的样子感染了，都望眼欲穿地等待着。这时，有人恰到好处地起哄，让温蒂妮献唱一曲。她欣然应允，让人取来她的鲁特琴[①]，幽幽唱了起来：

细丝绿帷，晓花葳蕤，
珠晖银洁，卧水之湄；
琭琭凝芳，有童自眠，
晨光明媚，红绿芳菲，

① 鲁特琴（LUTE）也称琉特琴，一种曲颈拨弦乐器，是中世纪到巴洛克时期在欧洲使用的一类古乐器的总称，是文艺复兴时期欧洲最最风靡的家庭独奏乐器。

张手奋袖，犹梦似追。
翠水迢迢，载流至此焉？
怜彼儿痴，身寒乎？
细草摇头，垂芳不闻，
怜彼年幼，慈帏何在？
懵懵懂懂，流离江渚，
天高地迥，归亲何处？
银鞍公侯，停蹄驻步，
粉稚小儿，酣然在目；
收得一女，陶然回府，
千金养闺，珠翠翩翩，
行止由意，雍容雅练。
然骨肉天伦，离隔经年，
人生几何，安能乐其心？

温蒂妮戚戚一笑，将鲁特琴放到了手边，而贝尔塔达的养父母眼中都已满含泪水。

“唉，的确，我那天就是这样发现你的，我可怜的孩子啊，”公爵深深地被打动了，“这首美丽的歌儿唱得很对，亲生父母的骨肉之情是我们取代不了的！”

“但我们也该听一听，那可怜的生身父母当时的情形。”说着，她继续抚琴唱道：

慈母绕门泪沾衣，
可怜吾儿踪安在？
白发愁看口中唤，
肝肠望断无处寻，
唉，肝肠望断无处寻，
膝下方承绕庭欢，
须臾不见心如捣。
吾儿寒乎？欲食乎？
可怜吾儿在谁怀？
日照湖滨亭如盖，
老母失雏哽在喉，
可怜吾儿不得见！
晚风戚戚吐哀音，
老父惶惶把家归，
银髭屏泪茫茫顾，

怆怆空灶心如灰。

老妻呼天泣泪流，

不见吾儿万事休！

“哦，上帝啊！”贝尔塔达哭得泣不成声，“告诉我，温蒂妮，我的父母在哪里？你一定知道，你一定已经找到他们了，我的好人儿啊，否则你不会唱这些来撕裂我的心！他们在这儿吗？会在这儿吗？”她的眼睛迅速扫过席上那些衣着光鲜的宾客，迫切的眼神最终停留在靠近养父身边的一位贵妇人身上。

然而，温蒂妮却转向门口，眼里充满最温柔的感情：“那对可怜的老父母啊，你们快出来吧。”于是，老渔夫和他的妻子费力分开围观的人群，犹犹豫豫地走了出来。他们看看温蒂妮，又看看那位漂亮高贵的小姐，脸上充满了期待和疑问。

“就是她！”温蒂妮激动得几乎说不出话来。两位老人惊喜地扑过去，拥抱失而复得的爱女，老泪纵横，不停地赞美上帝。

但是，贝尔塔达却惊讶而恼怒地挣脱了两人的怀抱。

老渔夫和他的妻子费力分开围观的人群，犹犹豫豫地走了出来

她曾天真地认为，自己的亲生父母至少也应该是皇室成员，只会给她高贵的身份锦上添花，这种糟糕的境况，以她高傲的自尊万万不能接受——这显然是她的情敌温蒂妮精心设计出来的圈套，目的就是想让她在希尔布兰德和所有人面前出丑。于是她出言不逊，毫不留情地把温蒂妮骂了一通；对那可怜的老夫妇，贝尔塔达更是恶言相向，狠狠地骂他们是“骗子，用钱收买的冒牌货”。

老妇人喃喃地对自己说：“噢，我的天哪，这孩子竟然变得如此刻薄，但我心里还是觉得她是我亲生的女儿。”老渔夫则握紧双手，暗暗对天祈祷，这不是他们的亲生孩子。

温蒂妮的脸色像死了一样苍白。她心中五味杂陈，一会儿看看老夫妇，一会儿又看看贝尔塔达，心情从天堂跌入了深渊，一种从未有过的悲伤和恐惧攫住了她。

“你有灵魂吗，贝尔塔达？你究竟有没有灵魂呢，贝尔塔达？”温蒂妮不顾贝尔塔达的火冒三丈，带着哭腔，一遍又一遍地问着，想要把她从疯狂和冷酷中唤醒。

但贝尔塔达却越发恼羞成怒，气急败坏，大发雷霆。那被抛弃的老夫妇失声痛哭，围观的不明真相的宾客们也是众说纷纭，义愤填膺。温蒂妮严肃而庄严地请求众人安静下来，她走到了餐桌的最前方，贝尔塔达的面前，在众目睽睽之下，谦逊而持重地说道：

“我的朋友们，你们一个个看起来怒气冲冲，你们的喧闹已经扰乱了我愉快的宴席。唉，我实在理解不了你们的愚蠢和无情，这辈子都理解不了。事情变得如此糟糕，完全不是我的初衷。但是请相信我，事情会水落石出，你们很快会意识到这一点。我不想多说什么，但有一点我必须申明，我所说的，句句都是实言。我虽然不能拿出证据来证明我的话，但我可以发誓，这件事是我从一个名叫克偻伯恩的泉仙那里知道的，是他把贝尔塔达从父母身边引到水里，然后又把她放到草地上让公爵发现。”

“她是个女巫！她和妖精有来往！她已经自己承认了！”贝尔塔达失去理智地尖叫道。

“我不是，”温蒂妮的目光纯洁而自信，“我不是女巫，你们看看我就知道。”

“她是个骗子！花言巧语，满嘴胡言！”贝尔塔达气急败坏地打断，“她根本就没法证明我是那两个下等人的女儿。尊敬的爸爸妈妈，请马上带我离开这个地方，带我离开这个城市，这儿的人就只会羞辱我！”

但是，秉节持重的公爵站在那儿一动不动，他的妻子也是如此。

“我们需要谨慎一些。上帝在上，我们一定要把这件事弄清楚再走。”公爵夫人说。

于是，老渔夫的妻子走上前来，谦卑有礼地对她说道：“尊敬、虔诚的夫人，我想到一件事。如果这恶毒的孩子真的是我的女儿，那么，在她的肩膀中间和左边的脚背上，都有一块像紫罗兰一样的胎记。但需要找一个没人的地方确认一下。”

“我绝不会在一个乡下女人面前脱衣服！”贝尔塔达叫着，高傲地转过身去。

“你可以在我面前脱，”公爵夫人严厉地说，“跟我去那边的房间，请这位善良的老夫人也和我们一起去。”

于是三人离开了，剩下的人都静静待在那里，鸦雀无声。

不一会儿，她们就回来了。贝尔塔达面如死灰。

“事实确实如此，”公爵夫人说道，“我必须承认，温蒂妮没有撒谎，贝尔塔达确实是老渔夫夫妇的女儿。你们所需要知道的就只有这么多了。”

公爵和公爵夫人扔下养女，走了出去，公爵使了个眼色，老渔夫和老妇人也跟了出去。众人开始窃窃私语，温蒂妮哭着倒在丈夫的怀里。

第十二章　离开

这天发生的意外虽然有些扫兴，但温蒂妮的表现却让骑士很欣慰——她是那么地仁慈，善良而又不卑不亢。骑士心想："如果她的灵魂是我给的，那这个灵魂一定比我自己的好得多。"现在他只有一个想法，那就是好好抚慰流泪的爱妻，然后第二天早早带着她离开这个是非之地。出了这样的事，温蒂妮一定不想再待在这儿了。其实，这里的人对温蒂妮的看法和之前并无不同，他们一直觉得她神秘，总觉得会有点儿不同寻常的事件要发生，所以贝尔塔达稀奇身世的曝光也并没有引起太大的轰动，所有听到故事和看到贝尔塔达当众失态的人，就算是觉得反感也只是针对贝尔塔达，但骑士和他的妻子并不知这其中缘故，所有的褒贬议论，都使温蒂妮痛苦。所以，对他们来说，当务之急就是赶紧离开这座古老的城市，越快越好。

第二天一大早，为温蒂妮准备的马车就到了，骑士的侍从们也都整装待发。骑士领着美丽的妻子刚走出门，就被一个渔家女拦住了去路。

“我们不买鱼，”希尔布兰德说，“我们正准备上路。”这时，渔家女抽抽搭搭地哭了起来，骑士和温蒂妮这才认出，她竟然是贝尔塔达。他们把贝尔塔达带回住处，详细询问了事情的经过。原来，公爵和公爵夫人对贝尔塔达昨天的冷酷无礼失望透顶，给了她一大笔嫁妆，然后就不要她了。他们也给了老渔夫夫妇一大笔钱，当天晚上，那两位老人家就回去了。

FRANCES BASSETT COMSTOCK

FRANCES·BASSETT·COMSTOCK·

“我本想和他们一同去，”贝尔塔达接着说道，“但那个据说是我父亲的老头——”

“他真的是你的父亲，”温蒂妮打断道，“听着，那天喷泉附近的那个陌生人，就是你认为是喷泉师傅的那个人，把当初所有的事都告诉了我。他是想阻拦我带你回林斯特滕城堡，所以才泄露了这个秘密。”

“然后，我的父亲——如果他是我父亲的话——他拒绝带我一起走，他说：‘在你真的变好之前，我们绝不会带你一起回去。如果想证明你是真心悔改，你就一个人穿过森林来找我们，但你不能以小姐的身份来，只能以渔家女的样子过来。’我打算按他说的做，因为我已经被全世界遗弃了，我将要做一个渔家女，和我贫穷的父母一起与世隔绝地度过这一生了，但是我害怕穿过森林，听说里面有很多鬼怪，我实在是太害怕了！我过来找你们，是想向尊贵的林斯特滕夫人道歉，我昨天的样子太失态了。我知道，亲爱的夫人，您是为了我好！但是您不知道，这突如其来的惊吓伤害了我，我又悲痛又吃惊，一时接受不了，所以说了很多鲁莽的疯话。噢，请原谅我，请原谅我，我太难过了！你想想，昨天早上宴席刚开始的时候，我还容光焕发，而现在就成了这个模样！”

说着，贝尔塔达扑到温蒂妮的怀里泣不成声，温蒂妮也伤心地流下眼泪，滴到了贝尔塔达的脖子上。最后她好不容易将激动的情绪平复下来，终于说道：“你可以跟我们一起去林斯特滕城堡，原来咱们怎么说好的，现在还怎样办。只是，别再叫我‘尊贵的夫人’啦。我们都是小时候被人换走，同病相怜，命运将我们紧紧联系在一起，没有人能把我们分开。和我们一起去林斯特滕城堡吧，我们要像姐妹一样生活在一起。”贝尔塔达羞怯地抬起眼看了看希尔布兰德。骑士看着这美丽的姑娘如此落魄，早已起了怜惜之心，于是向她伸出手，温和地请她相信，自己和妻子会好好招待她。

“我们会给你的父母送个信，向他们解释你没去的原因。”骑士说。他本想再说点儿关于那对善良老人家的事，但他发现，一提起那对老夫妻，贝尔塔达就明显地瑟缩了一下，于是就没有接着往下说。

希尔布兰德把贝尔塔达扶上了马车，温蒂妮紧随其后。接着，骑士跨上马背，愉快地与她们并肩而行，他又催促车夫加快速度，不一会儿，他们就把这座城市和它令人不快的回忆远远抛在了身后，两位女士开始欣赏沿途山清水秀的田园风光。

几天后的一个晴朗的夜晚，他们终于来到了林斯特滕城堡。离家许久，骑士有很多事务要向管家和其他随从交代，于是温蒂妮和贝尔塔达两个人就待在一起。她们爬上城堡的高墙，俯瞰斯瓦比亚的美景。没过多久，一个高大的男人走了过来，彬彬有礼地向她们问好。贝尔塔达看他有点儿眼熟，觉得他像是那天在喷泉广场见到的那个人，越看越像，而温蒂妮一看到这个男人，就愤怒地向他做出威胁的手势，要把他撵走。男人快步离开了，和上次一样摇着头，消失在附近的灌木林中。

温蒂妮安慰贝尔塔达："别害怕，亲爱的贝尔塔达，这次那可恶的泉仙不能再捣鬼啦。"接着，她详细地把事情的经过告诉了贝尔塔达，也告诉了她自己的真实身份，讲了当初贝尔塔达是怎么从老渔夫夫妇身边被带走，自己又是如何被送到他们跟前。一开始，贝尔塔达被吓坏了，不敢相信自己的耳朵，她想，她的朋友一定是突然疯了。但她很快意识到，温蒂妮的话千真万确，和过去发生的事完全吻合，毋庸置疑，小时候听的神怪故事，居然当真发生在了自己的身上，太不可思议了。

贝尔塔达满怀敬意地注视着温蒂妮，但又有些毛骨悚然。到了吃晚餐的时候，她仍然在疑虑，骑士竟对一个异类如此温存爱护，而且在得知温蒂妮的真实身份之后，居然还能如此镇定自若地与她朝夕相处、伉俪情深。

第十三章　林斯特滕城堡

故事在这里要跳跃一下，日复一日，年复一年，有些事情的发展笔者不愿详述，暂且保留读者的疑问好了。请原谅作者将此事一笔带过，原因是作者自己也沉浸在悲伤中无法自拔，但愿读者朋友也能感同身受。作者本可以一步一步地详细描述，这在写作技巧上并无难度——希尔布兰德的心是如何从温蒂妮身上移向贝尔塔达；贝尔塔达又是如何越来越热情地回应；他们二人是如何逐渐将温蒂妮视作可怕的怪物，而不再有一丝怜悯；温蒂妮是如何悲伤哭泣，她的眼泪唤起了骑士的懊悔之心，却无法唤回往日爱意；虽然骑士偶尔还会念起旧情，但每次突如其来的一个寒噤总会促使他从温蒂妮身边离开，将爱意投向人类姑娘贝尔塔达。这些事，作者本可慢慢道来——或许应该如此，但作者太过悲伤，因为他本人也有过类似的伤心经历，不愿触碰过去的阴影。正在阅读本章的读者朋友，可能你也有过同样的感伤，因为这就是人类的命运。如果你是痛苦的那个，而不是引起痛苦的那个，那么祝贺你，因为，有这样一句话——“付出比得到更幸福”。这样的经历会带给你悲伤，让你流泪，让你哀悼那凋零的、曾经甜蜜的爱情花朵，这些撕心裂肺的伤心事，不提也罢，就像我开头提到的那样，一笔带过就好。

可怜的温蒂妮肝肠寸断，另外两个人也好不了多少。贝尔塔达有一种奇怪的想法，每次有什么要求得不到满足，便认为是“受伤妻子嫉妒的缘故”。因此，她变得越来越专制，温蒂妮则带着痛苦步步退让，而希尔布兰德则偏听偏信，一味袒护，助长了贝尔塔达越发嚣张的气焰。城堡里的灵异事件也层出不穷，让人不得安宁。贝尔塔达和希尔布兰德经常在拱形走廊里撞见奇怪的幽灵，说不清楚是什么鬼怪。骑士只认得那个高大的白色男人是温蒂妮的叔叔，贝尔塔达也认得那是泉仙。他常常在他们面前威胁地飘过，尤其是贝尔塔达，被吓得最为频繁。最后她在恐惧中病倒了，经常想要离开这座城堡，但又舍不下心爱的希尔布兰德。而且她坚信自己是无辜的，他们之间，即使是口头上，也从未越雷池一步。更何况她也无处可去。

那位老渔夫已收到了骑士从林斯特滕城堡送来的信，上面说贝尔塔达正在城堡做客。于是他提起笔，用极难辨认的字迹写了几句回信——以他的年纪，能提笔写信实属不易。

信上写的是：“我现在是一个孤身老头，我亲爱忠实的妻子已经去世，虽然我在小屋很孤单，但我更希望贝尔塔达和你们住在城堡，胜过在我身边。不过别让她伤害我亲爱的温蒂妮，否则我就诅咒她。”

信上写的最后一句话贝尔塔达根本没当回事，但她却清楚地记得父亲让她别回去——这也是常人的通病。

有一天，骑士外出了，温蒂妮召集仆人们去搬来一块大石头，然后再用它仔细地把城堡广场中间的一口很大的泉眼堵住。仆人们抱怨说，这样他们就得走很远的路去山谷里取水，温蒂妮苦涩地笑了笑，说："十分抱歉，我亲爱的朋友们，让你们受累了。我宁愿自己动手去提水罐，但这只泉眼必须得堵住，相信我，只有这样才能防止更大的不幸。"

仆人们很乐意为温柔善良的女主人效劳。他们再没有提出别的问题，只是尽心尽力地将石头搬来，小心地抬起它，堵上泉眼。这时，贝尔塔达生气地跑了过来，让他们住手。因为每当她用泉水梳洗之后，面容都会格外鲜艳，她绝不允许这口泉被堵住。温蒂妮温和依旧，却异常坚定地对贝尔塔达说道，她作为城堡女主人，有权做自己认为对的事，除了她的丈夫希尔布兰德，谁也不能干涉她的决定。

"看看，噢，你们快看哪，"贝尔塔达不悦地叫道，"看这可怜的泉水，它翻来滚去，打着旋涡，它也无法忍受被人堵住，从此以后不见阳光，也不能像镜子一样照着人脸！”

确实，泉水剧烈地翻腾起来，还发出奇怪的“嗞嗞”声，就像是有什么东西在挣扎着要出来，但温蒂妮更加坚持地执行她的命令。根本不用她催促，仆人们都很愿意遵从温柔的女主人，而不是迁就贝尔塔达的傲慢任性。他们对贝尔塔达粗鲁和愤怒的威胁充耳不闻，很快就将泉眼牢牢堵住。然后温蒂妮弯下腰，想了想，用美丽的手指在石头上写了起来。她手里一定是拿着什么工具，因为，当她走后，仆人们去看那块石头，发现上面刻着几个怪模怪样的字，谁也不认识。

到了晚上，骑士回来的时候，贝尔塔达哭着去迎接，向他告温蒂妮的状。希尔布兰德面色铁青，冷冰冰地对着温蒂妮怒目而视。温蒂妮痛苦地垂下眼帘。然后，她十分平静地说：“我的丈夫和主人，就算是奴仆做错了事，在责罚之前，也要给他申辩的机会，更何况是自己的结发妻子呢？”

“快说！”骑士紧绷着脸训斥道，“为什么要做这种荒唐事？”

“我希望能单独对你说。”温蒂妮叹了一口气，说道。

“你可以当着贝尔塔达的面告诉我。”骑士回答。

“唉，如果这是你的命令，我能否恳求你，不要这样命令。”温蒂妮看起来又谦卑，又可爱，又柔顺，有那么一瞬间，勾起了骑士往日的柔情。他和蔼地挽起妻子的胳膊，带她去了自己的房里。于是，温蒂妮说道——

“我亲爱的主人，你还记得我那邪恶的叔叔，克偻伯恩吗？你和贝尔塔达在走廊上常常被他冒犯，有好几次还把贝尔塔达吓出病来。那是因为他并没有灵魂，他就像一面镜子，只能反射外物，却照不见内心。好几次他看到你对我发火，而我又小孩子脾气地流泪，贝尔塔达又刚好在那时笑起来，他就会误解出一些不平之事，并且多次不请自来，对我们的生活横加干涉。我骂他、赶走他都没有用，他不相信我说的话。他那可怜的生命，并不懂得爱情的动人之处在于苦乐交加，二者密不可分，眼泪过后是微笑，而微笑的背后又是眼泪！”

她抬头望向希尔布兰德，流着泪微笑着。骑士的胸中又一次涌上昔日的情愫。温蒂妮感觉到了，将他抱紧了一些，含着快乐的眼泪继续说道："他总是打扰我们平静的生活，怎么说都没有用，我只有封住他出来的路。他每次都是从那口泉眼进出。他和附近山谷的水灵并不和睦，多瑙河下游才是他的领地，他的亲信也都在那边。这就是我让人取石头封住泉眼的原因。我在石头上刻了符文，可以削弱他的力量，这样他就不能再将石头弄开，不能骚扰我们和贝尔塔达了，但人类不会受那符文的影响，所以普通人也可以搬动那石头。如果你想听贝尔塔达的话，尽可以叫人去搬开。不过，说句真心话，她并不知道那样做有什么后果。那粗鲁的克偻伯恩时时针对的就是她。如果他对我预言的话真的发生了，你就无意中害了贝尔塔达，就连你自己，也会处在危险之中！"

希尔布兰德深深感受到妻子的大度，她想方设法将自己可怕的保护人拦在门外，为此还遭受贝尔塔达的责怨。他温情脉脉地将温蒂妮揽在怀里，动情地说："那块石头就放在那里，就按你说的那样，永远都放在那里，我亲爱的温蒂妮。"

温蒂妮天真羞怯地吻着希尔布兰德，觉得他久违的爱情又回来了。

最后，她又说道："我最亲爱的丈夫，你今天特别温柔、特别和善，所以我可以再请求一件事吗？我觉得，和你在一起就像是在夏天，一会儿阳光四射，一会儿又电闪雷鸣，世间君王的心性莫不如此。你也是一样，动不动就生气发怒，眼露凶光，对我大吼大叫，你是习惯了，我有时候也会傻傻掉眼泪。但是，我请求你，不要在水上对我发火，哪怕是靠近水边也不可以，如果你那样做了，我的家人会出现，会夺走我的自由，把我带回去，他们会认为我被人类伤害了，那样我就只能住在水晶宫殿里，永远也不能再回到你身边了。只有在一种情况下他们会把我送回来找你，噢，天哪！那是最坏的一种可能了！不，不要，我亲爱的，如果你可怜你亲爱的温蒂妮，就不要让这种事情发生！"

骑士郑重地向她保证，一定按她所愿，注意自己的言行，然后两人就恩恩爱爱地走了出去。一出门，就看到贝尔塔达带着事先找好的几个仆人走了过来，并且用最近常用的愠怒口气对工人们吼道："秘密会议已经结束，你们现在可以去搬石头了，快去，工人们，好好干！"

骑士被她的胡作非为激怒了。他干脆果断地说，石头就放在那儿，谁都不许动，还指责贝尔塔达不该对自己的妻子无礼。工人们窃笑着走开了。贝尔塔达气得脸色发白，匆匆冲进自己的卧室。

晚饭时间到了，可是贝尔塔达却迟迟没有出现。他们让人去叫她，可是仆人却发现房中空空，只留下一封写给骑士的封了口的信。骑士惊慌地拆了封，里面写的是：“我只是区区渔家女子，出身低微，一时忘形，多有得罪，十分惭愧。我这就回我父母的小破屋去，从此别过，祝你和那美丽的夫人幸福。”

温蒂妮心里十分难过，她苦苦地请求希尔布兰德去把他们的朋友找回来。唉，她完全没有必要催促自己的丈夫！因为骑士对贝尔塔达的爱意又油然而生，而且比以往更热烈。他匆匆找遍整座城堡，询问见到的每一个人，有没有看到贝尔塔达往哪一条路去了。他问了一圈都一无所获，于是就骑上马，打算随便找一条路碰碰运气。这时，忽然有个男仆走上前来，说看到贝尔塔达往黑溪谷的方向去了。于是骑士纵马疾驰，像离弦的箭一般，往那个方向冲了出去，全然没有听见温蒂妮隔着窗子焦急地叫喊：

“黑溪谷！噢，不要去那儿，希尔布兰德，别去那儿！如果要去也带我一起去！”

可是已经晚了，骑士已绝尘而去。于是，温蒂妮也迅速骑上自己的白马，一个人追了上去。

第十四章　找回贝尔塔达

黑溪谷隐在群山深处，现在叫什么，已无从得知。那时，当地人叫它黑溪谷，因为它常年被高大的树木——尤其是冷杉，密密匝匝地覆盖着，幽暗不见阳光，就连谷中蜿蜒的溪水也是沉沉的黑色，从未映过蓝天的倒影。现在是日落时分，薄暮冥冥，谷中越发阴森晦沉。骑士心急如焚地沿着溪边前行，一会儿担心自己行得太慢，赶不上贝尔塔达；一会儿又害怕自己太匆忙，会不小心错过她的藏匿之处。他已行至山谷深处，照理说，如果方向没错，应该很快就能赶上。骑士唯恐路线出错，一颗心怦怦直跳。天已经黑了，眼看着暴风雨又要来了，这柔弱女子会跑到哪里去？如果找不到她的话，该如何是好？

终于，他透过层层树枝，发现前方斜坡上有白色的影子在闪，他认出那是贝尔塔达的裙子。但是当他催马向前时，马儿却像是受了惊，狠狠地尥着蹶子，打着响鼻，死活不肯走，前方的路也确实太过狭窄。骑士一时情急，只好下了马，把它拴在一棵榆树上，然后分开灌木丛，小心翼翼地往前摸过去。

他的脸上额上，全被蹭上了冰冷的露珠，从山的另一边传来隆隆的雷声，一切都显得如此诡异。看到不远处躺着的那个白色身影，他情不自禁打起哆嗦来。那的确是个女人，一动不动地躺在地上，不是睡着了，就是昏倒了，身上还穿着白色的长礼服，和贝尔塔达当天穿着的那件一模一样。希尔布兰德走过去，摇得树枝沙沙作响，又把宝剑击在地上，发出清脆的铿锵声，她却仍然一动不动。

“贝尔塔达！”他轻轻叫着，然后将嗓门越提越高，她却一句也听不见。最后，他拼了力气大叫一声，山谷中也传来了模糊的回音：“贝尔塔达！”然而，地上的人还是昏迷不醒。他弯下腰凑近了去看，在黑暗笼罩下，根本看不清她的面容。

他耐着心中的疑惧，又凑近了一些。这时，刺眼的闪电划过山谷，面前忽然出现一张扭曲可怕的大脸，用空洞的声音号叫着：“吻我啊，你这个为情所困的蠢人！”

希尔布兰德吓得大叫一声，拔腿就跑，那可怕的身影却一直跟在身后，嘴里威胁地嘟哝着：“回去！魔鬼正盯着你呢。回去！不然我就要抓住你！”说着，那影子向他伸出两只长长的白色胳膊。

“邪恶的克偻伯恩！”这时，骑士猛然反应过来，“又想耍什么花招，你这个妖精？给，这是你要的吻！”他抽出宝剑朝着身后的影子砍去，却扑了个空，被水花溅了一身。这让骑士更加确定了对手和他的诡计。

“他是想把我从贝尔塔达旁边骗走。”希尔布兰德大声对自己说，“毫无疑问，他是想用他那愚蠢的花招，来逼我抛弃那可怜无助的姑娘，他好报仇，但他是不会得逞的，他只是个可怜的水怪，他怎么会知道，当一个人类铁下了心，会产生多大的勇气。”骑士发自内心说出了这话，顿觉胸中胆气横生。也算他有造化，他还没到马儿跟前，就听到侧边有微微的抽泣声，离他不远，隔着雷声和雨声也听得一清二楚，是贝尔塔达的声音。他急忙赶过去，发现贝尔塔达正颤抖着从坡的一边费力地往上爬，想逃出这黑暗的峡谷。看到骑士高大的身影出现在面前，贝尔塔达所有的高傲和倔强都消失了，一心沉浸在被救的喜悦里。心上人就在眼前，要将她从这可怕的荒野孤寂中带回去，城堡的快乐生活又一次向她招手啦。

贝尔塔达乖乖地跟着骑士走了，一点儿反抗的意思都没有，可是旅途劳顿，她已筋疲力尽，步履维艰。希尔布兰德愉快地迅速解下缰绳，想把她放到马背上，好牵着她走出这黑黝黝的山谷。

可是，马儿已被克偻伯恩吓得受了惊，摇头摆尾，不停地蹦跶，骑士自己都骑不上去，更别提将瑟瑟发抖的贝尔塔达扶上马背了。于是，他们决定步行回去。骑士一手牵着缰绳，一手扶着贝尔塔达——后者也用尽力气挣扎着向前走，可是方才被克偻伯恩一通追赶惊吓，周围又是电闪雷鸣，她早已吓得魂不守舍、战战兢兢，双腿像灌了铅似的挪不动步。

终于，贝尔塔达再也坚持不住了，她从骑士的手臂中弱弱地滑下来，瘫倒在苔藓地上，嘴里叫道："您把我丢在这儿吧，尊敬的先生，是我愚蠢，自作自受，我实在走不动了，就让我在疲惫和恐惧中死去好了。"

"不，我亲爱的朋友，我绝不会抛下你不管的！"希尔布兰德一面说着，一面竭尽全力要将马儿制住，可是马儿却挣扎着跳起来，吐着白沫，比方才的情形更为暴躁。骑士想拽着它往前走一段，唯恐伤着地上的贝尔塔达，但他刚走了几步，贝尔塔达就在身后凄惨地大叫起来，以为他当真要把自己弃在这荒郊野外。骑士一筹莫展，完全不知如何是好，他想撒手放开这失控的牲口，随它冲进这茫茫黑夜不去理会，却又担心它乱跑乱撞的铁蹄踩到地上的贝尔塔达。

正当骑士心慌意乱、不知所措之时，忽然听到有一辆货车正沿着旁边的石路缓缓走来，他如释重负，立刻大声求助。一个男子的声音回答了他，让他耐心一点稍作等待。不一会儿，就有两匹灰色的马儿拉着一辆车，隔着灌木丛，出现在他面前，车上坐着一名身着白色罩衫的车夫，身后的货物上面盖着巨大的白布。车夫大喝一声，那两匹马就乖乖停住了脚步。然后他下车来到骑士面前，帮他制住受惊的马儿。

“我一看就知道，这畜生是怎么了，”车夫说，“当初，我头一回从这儿经过的时候，我的马儿也和它差不多。这地方有个邪恶的水怪，总爱这样使坏。但我学会了一个咒语，只要对着马耳朵小声地念出来，它就会和我的马儿一样听话了。”

“那就快试试吧！帮帮我们！”骑士急不可待地叫道。于是那车夫揪住马头，在马耳朵旁边说了句什么。一转眼的工夫，马儿就温驯地止住了躁动，乖乖站在那里，只是气喘吁吁，浑身都在流汗，一副惊魂未定之状。

希尔布兰德顾不上询问咒语是什么，就听从车夫的建议，打算将贝尔塔达扶到车上，放在那一大堆柔软的棉包中间，车夫答应用马车送他们回林斯特滕城堡。骑士本想骑马跟在他们后面，但马儿经过方才那番折腾，早已气喘吁吁、筋疲力尽了。于是车夫劝他和贝尔塔达一起坐上货车，他的马儿可以绑在车后面。

“前面就是下山的路，这样我的马儿就不会太费力了。”车夫说。然后，骑士搀着贝尔塔达爬上货车，他的马儿听话地跟在后面，而车夫则谨慎沉着地走在旁边。

暴风雨渐渐远去，黑夜显得格外静谧。希尔布兰德和贝尔塔达劫后余生，心情愉悦，开始用亲密的语气小声交谈。骑士爱怜地责怪贝尔塔达不该任性逃跑，贝尔塔达细声细语、含情脉脉地请求原谅。在这暧昧的黑暗中，她说的每一句话都似乎别有深意，明明白白地暗示着自己对骑士情有独钟。骑士亦心领神会，做出深情款款的回应。

忽然，车夫狠狠地叫了起来：“抬腿，灰牲口，抬起你们的腿来！往前走！记住你们的身份！”骑士探出去往前看，发现马车已经半泡在滚滚的溪水里，轮子在水里汩汩地转着，马儿几乎是游在水里，水越涨越高，车夫也早已爬到了车前面。

“这是哪条路？我们错走到河中间了！”骑士惊叫道。

“没有，”车夫笑道，“恰恰相反，是溪水漫到路中间了。看看，多大的洪水啊！”的确，整个山谷都被奔流如注的洪水包围了，并且水位还在一点一点地往上涨。

“是克倭伯恩，那个邪恶的泉仙！”骑士叫道，“他想淹死我们！你有对付他的咒语吗，我的朋友？”

“我确实知道一个，”车夫回答，“但你得先猜猜我是谁，然后我才能告诉你。”

“现在是猜谜语的时候吗？”希尔布兰德嚷道，“大水越涨越高了，你是谁，和我又有什么关系？”

“有关系，当然有关系，”车夫说，“因为，我就是克倭伯恩！”他把一张扭曲的大脸塞到车上，龇牙咧嘴地做着鬼脸，接着，货车忽然消失了！转眼间那两匹灰马也不见了！而车夫自己，则变成了一道巨浪，重重地拍了过来，将骑士还在挣扎的马儿埋到了浪底下，接着又化作巨大的水柱淹没了两人，眼看着骑士和贝尔塔达就要葬身水底。

这时，在这排山倒海的骇浪中，传来了温蒂妮温柔的声音，月亮也从云层中钻了出来。只见温蒂妮站在高高的山坡上，对着脚下的汪洋又是怒斥又是恐吓。汹涌的水柱消失了，水流不满地嘟哝着，在月光的照耀下慢慢地缩了回去。温蒂妮像白鸽一般，轻盈地从高处跃下，带着骑士和贝尔塔达，飞到坡上一处清新柔软的草地，让他们休息定神，消除恐惧。接着，温蒂妮把贝尔塔达扶上自己的白马，三人一起回到了城堡。

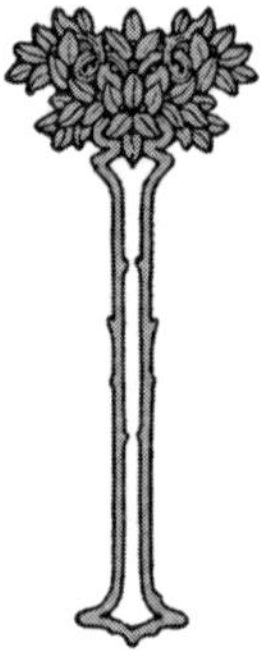

第十五章　维也纳之旅

经过这次历险之后，城堡的生活变得平静安宁，骑士也对妻子的美德有了更深的认识——她及时地赶往黑溪谷，毫不犹豫地将自己和贝尔塔达从克偻伯恩手里救了出来。温蒂妮胸怀磊落，依心而行，又一次赢得丈夫的喜爱和尊重，所以处处觉得心情舒畅；至于贝尔塔达，则变得怯懦、温和又恭顺，再也不复往日的盛气凌人。偶尔骑士和温蒂妮会说到盖住泉眼或是黑溪谷遇险的事，贝尔塔达总是衷心地请求他们不要提起。泉水那件事让她羞愧，黑溪谷则让她害怕。她不愿听到任何有关这两件事的话题，所以有些事仍然蒙在鼓里。不过就算知道了又有什么意义呢？城堡里的生活是那么平静又愉快，大家都丰衣足食、无忧无虑，一切看起来都那么可心如意。

在如此舒适的境况中，冬天来了又走，春天去了又来，花红柳绿，莺歌燕舞，城堡里外一派繁荣景象。他们望着窗外的白云蓝天，心中如何不蠢蠢欲动，泛起出游的雅兴呢?

有一天，他们正在多瑙河的源头散步，骑士讲起它源远流长的高贵，讲起它一路奔流，汇纳百川，灌溉良田，大名鼎鼎的城市维也纳就坐落在河岸边，风光如画，景色宜人。

“如果能顺流而下，一路去往维也纳，一定很惬意吧。”贝尔塔达忍不住嚷了一句。说毕，她顿觉失言，就红着脸，胆怯地闭上了嘴。

温蒂妮见状，不禁动了怜悯之心。她一心想让女友高兴，于是说道："那为何不说去就去，来一次小小的旅行呢？"

贝尔塔达喜出望外，两人开始兴奋地计划多瑙河的行程。希尔布兰德欣然应允，但还是悄悄在温蒂妮耳边说了一句——

"多瑙河的下游可是克偻伯恩的地盘哪！"

"让他来好啦，"温蒂妮欢快地说，"有我在呢，他不敢把我们怎么样！"唯一的顾忌消除了。于是他们立即着手准备行程，精神抖擞、满怀憧憬地出发了。

然而，世事往往事与愿违，宿命的恶魔往往喜欢用动听的歌谣哄人入眠，使之沉浸在甜蜜的幻觉之中，再伺机而动，制造灾难，而上天派来营救我们的天使往往又出现得突然，令人惊恐，措手不及。

旅行的前几天，众人欢声笑语，好不快活。他们泛舟河上，流水淙淙，波光潋滟，沿途景象也越来越动人，可是，当他们来到一处风景绝佳的胜地时，阴魂不散的克偻伯恩又冒了出来，开始作怪。不过，他只能耍一些小把戏，每当他施法变出一些风浪，温蒂妮就会将他斥责回去，但他的恶作剧没完没了，每过一会儿，温蒂妮就得开口斥骂一次，将大家的游兴完全破坏了。惊慌的船夫们不住地交头接耳，向那三人投去怀疑的目光，就连侍从们也开始不自在，用不可思议的眼神盯着主人们看。

希尔布兰德不住地对自己说：“确实，同类只能和同类结婚，这就是人类和人鱼通婚的报应！”他又给自己找借口说：“我事先并不知道她是人鱼，谁料结了这门亲之后，好好的日子全被她那疯狂的亲戚破坏了。这并不是我的错！”这样的想法让他心中愤愤不平，所有的怒气和憎恶一股脑儿都推到了温蒂妮的身上。他的愤怒全部写在了脸上，可怜的温蒂妮只有默默承受。她一面受着骑士的粗暴和蔑视，一面还要应付克偻伯恩的种种伎俩，到了晚上，她终于支持不住，在船儿温柔的晃动中，疲惫地睡着了。

可是她刚闭上眼睛，船上所有的人就都惊恐地看到，有一个可怕的人头从河上冒了出来，不像是游泳的人，而是直直地竖在水面上，跟着船一起移动。人们吓得魂飞魄散，指着看到的人头想告诉其他人，却发现旁人也早已被吓得魂不守舍——水面上忽然冒出不止一个人头，每一个都阴森森地笑着，威胁地盯着众人看，人们结结巴巴地叫着：“看，这儿！”“不，是那儿！”那些人头同时出现，随着河浪浮沉，整条河上都挤满了这些可怕的幽灵。人们仓皇的惊叫声此起彼伏，惊醒了打盹的温蒂妮。她一张开眼睛，那些丑陋的人头就全部消失了。

希尔布兰德厌倦了这些恼人的把戏，憋了一肚子怒气正欲发作，温蒂妮在一旁低声下气地温柔哄劝：“看在上帝的面上，请消消气，我的丈夫，我们正在水面上呢，千万别对我发火！”于是骑士压住火气，沉默地坐了下来。温蒂妮又在他耳边说道：“亲爱的，不如咱们这就结束这愚蠢的行程，太太平平回林斯特滕城堡去，好吗？”

骑士不悦地小声回道：“所以我就只能被囚禁在自己的城堡里，足不出户，只有把泉眼盖住才能喘口气！我恨不得把你那该死的亲戚——”温蒂妮赶紧用小手轻轻捂住他的嘴。骑士停下来，陷入了沉默，想起温蒂妮说过的那些话。

此时，贝尔塔达正在浮想联翩。对于温蒂妮的出身她是知道不少，但并不完全清楚，关于克倭伯恩，对她来说仍然是一个可怕的未解之谜，她甚至连那名字都没听说过。她胡猜乱想着，不知不觉把颈上的一串金项链解了下来，那是希尔布兰德从某个路过的小贩那儿买给她的。她恍恍惚惚地将项链在水上拖着，欣赏着它在夜光下水面映照的点点微光。忽然，河中伸出一只大手，一把抓住项链拖到水下去了。贝尔塔达吓得大声尖叫，水流深处传来了阵阵嘲弄的笑声。

这时希尔布兰德再也忍不住了，大声地叫骂起来。他诅咒河水，诅咒所有扰乱他生活的水怪，让他们出来接受挑战，要让他们见识见识宝剑的厉害。

贝尔塔达还在为失去心爱的项链伤心地哭个不停，更使得骑士的怒气火上浇油。于是，温蒂妮将小手从船边浸入水中，口里喃喃地念着奇怪的咒语，时不时还要分心去恳求希尔布兰德："千万别在这儿骂我，亲爱的！骂谁都可以，但别在这儿骂我。你知道为什么！"于是，骑士硬生生将差点儿冲出嘴边的话又咽了回去。没过多久，温蒂妮从水中把湿答答的手缩了回来，竟拎出来一串迷人的珊瑚项链，绚烂夺目，熠熠生辉。

她将项链递给贝尔塔达，安慰道："给你，我从水下要来了这个作为补偿，别难过啦，我可怜的孩子。"

但失去理智的骑士一跃而起，一把抢过温蒂妮手中的项链，扔回了水中，大喊大叫道：“你居然还和他们有来往？你和那些妖精是一伙儿的，带着你的东西，回到你父母那里去吧，让我们过点儿凡人的清净日子，你这个女巫！”

可怜的温蒂妮怔怔地看着他，泪水缓缓涌上了眼眶。她的手还伸在半空中，正准备把那可爱的礼物送给贝尔塔达。接着，她开始哭泣，哭得越来越厉害，就像是无辜的孩子遭受了残酷的对待。最后，她心力交瘁地说：“唉，亲爱的朋友呀，再见啦，我的家人们不会伤害到你，只要你保持忠诚，我就可以护佑你。可我现在必须要离开了，唉，光阴苦短，奈何情

温蒂妮在船舷边一闪就消失了

长。看看你做了什么事呀！唉！唉！”

说完，她在船舷边一闪就消失了。谁也不知道，她是跳下去了，还是被冲走了——或许二者都有。她很快消失在多瑙河中，只剩下几朵小小的浪花在船边发出呜咽，像是在说：“唉，唉，保持忠诚啊！”

希尔布兰德热泪横流，他痛哭流涕地倒在甲板上，一阵眩晕袭来，让他暂时从悲伤中解脱出来。

第十六章　变心的骑士

我想说，人们的痛苦总是短暂的。这是幸运，抑或遗憾？我所说的痛苦，指的是失去挚爱的切肤之痛，爱不亡，痛不灭，但这生命中神圣的珍藏之痛，终究会在岁月的消逝中逐渐淡化。的确，对大多数人来说，记忆中的珍藏尚存，但痛彻心扉的感觉不再，心上残留的空缺终究会被新的人和事取代。我们最终明了，世间万物，万念终不过鸿爪雪泥，转瞬即逝，悲伤也是如此。是以让人不得不叹息："我们的哀痛竟然如此短暂！"

故事的主人公希尔布兰德就经历了这样一番心境的变迁，我们继续来讲他的故事。起初，他陷入悲伤不能自已，成天以泪洗面，就像温蒂妮好心变出项链，却被粗暴扔进水中时哭得那样凄惨；后来，他常常会模仿温蒂妮把空空的手伸在半空中的样子，然后再像她一样哭泣。他曾有个隐秘的想法：但愿将身躯溶进这悲痛的泪水里。但问世间有多少人，在伤心到了极点的时候，体验过这种生不如死的悲苦？贝尔塔达也一起流泪，有很长一段时间，城堡里都是静默一片——两人怀念着温蒂妮，几乎忘却了当初萦绕彼此之间那股暧昧的情愫。善良的温蒂妮经常来到骑士的梦里，温柔地吻他、抚慰他，然后无声地哭着离去。因此他醒来时，不知为什么脸颊总是湿的，那是温蒂妮的泪水，还是自己的？

随着时间的推移，骑士的哀痛变得不再那么刻骨，梦中与温蒂妮的相会也越来越少了，但他依然满脑子都是温蒂妮，张口闭口也是她。直到有一天，老渔夫突然来到城堡，坚持要以父亲的名义带走贝尔塔达。他已得知温蒂妮失踪的消息，觉得贝尔塔达留在城堡，与骑士孤男寡女，朝夕相处不太合适。

他说："我的女儿爱不爱我，这个我不在乎，但为了她的名誉着想，她得跟我走，没得商量。"

老人的态度很坚决，骑士想到贝尔塔达走后，他就得独自一人住在空空的城堡里，成天面对空荡荡的大厅和门廊，不禁心生怯意。前些日子，骑士为了温蒂妮的事情绪低落，所以把美貌的贝尔塔达撇在了一边，如今老渔夫一提要把贝尔塔达带走的事，他对这姑娘的爱意似乎又浮上心头。老渔夫并不支持这两人结合，他心疼可怜的温蒂妮。且不说那孩子现在生死未卜，就算是她葬身多瑙河底，或是被水流冲到海里，贝尔塔达对她的死也负有一定的责任，不应当鸠占鹊巢，占据那亡妻的位置。但老人也同情骑士，贝尔塔达的祷告和为温蒂妮流的泪水更让他心软。于是，他最终只能让步，留在城堡，不再坚持。他们派人去请了海尔曼神父——从前骑士和温蒂妮的喜事就是他主持的，请他来主持骑士的第二次婚礼。

老神父闻讯，立即拖着年迈的身躯，千里迢迢赶往林斯特滕城堡，每当力不从心，气喘吁吁走不动路的时候，他就会告诉自己："坚持住，不到地方绝不能趴下！时间宝贵，但愿我还能来得及制止那场犯罪！"他这样不停地给自己鼓气，日夜兼程，终于在一天傍晚赶到了林斯特滕城堡。

绿树成荫的庭院里，骑士和贝尔塔达并排坐在大树下面，老渔夫心事重重地坐在他们旁边。看到海尔曼神父来了，他们立刻起身，热情地围住他问候，但神父并不愿多言，只是严肃地请骑士跟他进城堡单独说话。这郑重其事的恳求让骑士十分惊讶，犹豫着不肯听从他的吩咐。

于是神父说："我为什么一定要单独和您谈话呢？尊敬的希尔布兰德先生，这件事与贝尔塔达和渔夫先生也同样有关，晚知道不如早知道。希尔布兰德先生，您是否能确定您的妻子真的去世了呢？我可没这么想。虽然我也不能确定她如今确切的所在，对她的近况也一无所知，但毫无疑问，她是一位忠实而虔诚的贤妻。前两周我一直梦到她站在我的枕头旁边，可怜巴巴地绞着双手，在我耳边一直伤心地说着：'善良的神父啊，请阻止他要做的事！我还活着。唉！请救救他！救救他的灵魂！’我一直没想通这梦的含义，直到您派人送信给我，我才恍然大悟，即刻马不停蹄地赶过来，不是为了给你们证婚，而是为了阻止你们结合，把你们分开。离开她吧，希尔布兰德！别嫁给他，贝尔塔达！他现在仍属于另一个女人。难道您没看到他的脸色依然苍白，仍然笼罩着失妻之痛吗？他看起来根本不像一个新郎，有一个声音告诉我，如果您不离开他，您会一辈子得不到幸福。”

那三人发自内心地明白，海尔曼神父说的是实话，但他们却都不愿相信。就连老渔夫也像是中了咒一般，坚持要按他们原先讨论的那般，如期举行婚礼。他们我行我素，一意孤行，将神父的忠告当作耳旁风。于是，神父难过地离开了城堡，连住一夜、吃一口东西都不肯。骑士对自己说，海尔曼神父只不过是把梦境当作了现实，不用理会。第二天一早，他就从最近的修道院重找了个神父，对方一口答应，几天后就为他们主持婚礼。

第十七章　骑士的梦境

天快亮的时候，骑士躺在自己的床上，于半梦半醒之间，陷入了可怕的梦魇，被一堆幽灵围住，一动也不能动。他竭尽全力想起身，却怎么挣扎都没有用。这时，仿佛有一只天鹅的翅膀在他头顶轻轻拂过，耳边传来一阵阵温柔的水声，使他又恢复了半梦半醒的状态，接着，就陷入了沉沉的梦乡。恍惚中，他被一群天鹅用翅膀簇拥着，飞到夜空，越过平原和大海，耳旁还一直传来甜美的歌声。“是天鹅的歌声！是天鹅的歌声！”他脑中有个声音说道，“难不成这是死亡的先兆？”但又似乎不是。他感觉自己在地中海上方飘飘荡荡，有一只天鹅在他耳边唱着：“地中海到了。”他往下看去，只见海水像水晶一样清澈透明，他很轻易就看到了海底的景象。他惊喜地发现，那儿有一座晶莹透亮的宫殿，温蒂妮正坐在水晶穹顶下面。她的眼里全是泪水，显出前所未有的哀痛。骑士想起她当初刚刚住进城堡的时候，那时她是多么无忧无虑啊！即使是后来在多瑙河上，状况频出，她也没有这么悲伤憔悴。骑士痴痴地盯着她出神，历历往事浮上心头；温蒂妮却好像浑然不知他的存在。

这时，克偻伯恩走了过来，像是要责骂她不该流泪。温蒂妮猛地站起身来，凛然不可侵犯地直视他的眼睛。克偻伯恩吓得差点儿后退了一步。“尽管我现在只能住在水底，但我的灵魂还在，所以我有充分的理由可以哭。虽然你根本不知道眼泪的含义。它们是被祝福的眼泪，会流泪的有灵魂的人也是一样。”

克偻伯恩摇了摇头，表示不信。接着，他想起了什么，说道：“不过，侄女儿呀，根据我们的律法，若是他背叛诺言再婚，你就得依法将他处死。”

“他至今仍是个鳏夫，”温蒂妮凄楚地说，“而且他心里一直有我的位置，还在为我伤痛。”

“是啊，但他马上就又要当新郎了，”克偻伯恩轻蔑地笑道，“过不了一两天，等神父给那两个人完婚，你就必须得回到地面上，把那再婚的人杀掉。”

温蒂妮也笑了：“这是不可能的。因为我已经亲手把那口泉水封住了，不光是你们，哪怕是我自己都进不去。”

“哦，那如果他离开城堡呢？或是把喷泉打开？他可是一个头脑简单的莽撞人。”

“正因为如此，”温蒂妮笑里含着泪，“正因为如此，他的灵魂现在正浮在地中海的上空，听着我们所有的谈话，是我有意这样安排的，让他在梦境中收到警告。”

克偻伯恩抬起头看到了骑士，勃然大怒，嘴里说着威胁的话，气急败坏地将脚一跺，像箭一般从水底直冲过去。他被怒气膨胀得有鲸鱼那么大。天鹅们重新唱起了歌，拍着翅膀飞了起来，载着骑士越过山川和河流，在夜空中翱翔。当骑士醒来的时候，他已回到了林斯特滕城堡，正躺在自己的床上。

当他睁开眼睛，侍从走了进来，向他报告，说昨晚海尔曼神父并没有离开，还在城堡附近用树枝、苔藓和茅草搭了个简易的棚子过夜。当被询问为何不愿主持婚礼还要留在这儿时，神父回答得很奇怪："我不主持婚礼，但可以主持别的，凡事总要提前预备，喜事和丧事本来就差不了多少①，该来的总会来，愿意看的人都能看到。"

骑士听了这古怪的言语，又联系自己诡异的梦境，不禁毛骨悚然，但君子一言，驷马难追，已确定的事不好更改，他只有硬着头皮维持先前的决定。

---

① 此处为双关语，德语中婚事的单词为"trauen"，丧事的单词为"trauern"，发音也相似。神父是有意说的。

第十八章　新的婚礼

现在我们要来讲讲林斯特滕城堡里举行的那场婚礼——你可能会认为喜气洋洋、热闹非凡，但实际情形是，悼念的黑纱尚未摘除，整个婚宴都笼罩着哀伤的气息，与这喜庆格格不入，更像是一种讽刺。叹俗世悲欢，皆付镜花水月。

婚宴上倒是没有任何怪模怪样的水怪来打扰，人们知道它们已被阻拦在城堡外面，无法进来作怪，但不论是骑士、老渔夫，还是来赴宴的宾客们都若有所失，总感到有位主角尚未到席，那就是善良温柔又可爱的温蒂妮。每当宴会厅的门被打开，他们都会齐刷刷地转过头去，期待地看着来人的方向；当他们发现进来的只不过是上菜的仆役或是端着美酒的侍从，那一点欣喜就会立刻变成失望，然后低头陷入悲伤的回忆。

新娘子倒是无忧无虑很开心，但她也觉得有那么一丝不自在。她戴着绿色的花环，身着绣花的礼服坐在长桌的首席，而温蒂妮却已变成一具冰冷僵硬的尸体，躺在多瑙河底，或是已被水流冲入海里。自从她父亲上次说过那些话，她就一直在心里犯嘀咕，尤其是今天，那些话一直在她脑中盘旋个不停。

天还没黑，宾客们就纷纷告辞了。不是因为新郎着急送客，而是因为众人心中都有一种不祥的预感，既哀伤又沉重。女仆陪着贝尔塔达去换衣服，骑士则是由男仆陪侍。婚礼毫无欢快的气氛，连男女傧相都没有安排。

贝尔塔达想要让心情更愉快一些，于是就叫人把骑士送给她的华丽珠宝和漂亮衣服拿过来，统统摆在面前，一一试穿，好把最闪耀华贵的挑选出来，第二天早晨穿戴。女仆们争先恐后地夸赞着女主人的美貌，极尽奉承之能事，直到贝尔塔达在镜子面前叹了一口气。

“你们瞧，”她苦恼地说，“我脖子这儿是不是长了一些雀斑？”女仆们凑过去看了一眼，果然有一些。她们谄媚地说：“这叫作‘美人斑’，只是一些小小的斑点而已，有了它们，才更显出皮肤的白嫩。”但贝尔塔达摇了摇头，说斑点总归是缺陷。最后她叹了口气：“我可以把它们洗掉，但只有城堡里那神奇的宝泉有这个功效。噢，如果我今天能拿到一小瓶，该多好啊！”

有一个女仆在她身边扑哧一笑：“这还不简单！”她说着，就殷勤地跑出去了。

“这疯丫头，”贝尔塔达用惊喜的口气惊呼道，“这疯丫头，她不会今晚就要去把泉水上那石头搬开吧。”没过多久，就听到外面有动静，隔着窗子可以看到，那个殷勤的女仆正卖力地指挥着，几个男人扛着撬杠和其他一些工具进了庭院。

“正合我的心意，”贝尔塔达满意地笑道，“只要别耽搁太久就好。”想到以往她发怒都没有用，如今只用一句话，那些人就任她差遣，她心里乐滋滋的。贝尔塔达得意地看着窗外，幽幽的月光下，人们正七手八脚地忙活着。

男人们费力地撖着那块石头，不时有人会叹息，想起他们前一位女主人的吩咐，但那块大石并不像想象中的那么难撬开，就像是泉眼里有一股力量正帮着他们往上抬。

仆人们面面相觑，大为惊讶：“真奇怪，就好像泉水里有一个东西正要冒出来！”石头越来越高，几乎是自己在缓缓往外挪，最后伴着一声闷响，慢慢滚到了旁边的地面上，而泉眼里则冒出了庄严的白色水柱，一开始，人们还以为它变成了喷泉，但水柱立刻又幻化为一名素衣的妇人，身上脸上都罩着白纱。她痛苦无助地绞着双手，抱着头，哀伤地哭着，一步一步，慢慢往城堡走去。仆人们吓得四散逃开，新娘和女仆们站在窗下眼睁睁地看着，心胆俱裂，魂飞魄散。白衣妇人经过窗边时，用怨艾的泪眼看了贝尔塔达一眼。贝尔塔达认出了面纱背后那张苍白的脸，是温蒂妮。只见她泪水潸然地拖着步子，缓缓往城堡内走去，像是被迫要赴刑场。

贝尔塔达尖叫出来，想让女仆们去找骑士，但没有一个人敢挪动半步，甚至连贝尔塔达自己也蓦然噤了声，像是被自己的声音吓住了。

贝尔塔达和女仆们面如土色，呆若木鸡地站在窗边，那个古怪的身影已如游魂一般踏上那熟悉的楼梯，穿过宽阔的门廊，脸上还挂着无声的泪。唉，往日她踏上这楼梯是何等心情？可怜物是人非，万念俱灰！

希尔布兰德遣散了侍从们，半披着衣服站在镜前，心乱如麻，身旁的蜡烛发出微微的光。忽然，传来了轻轻的叩门声，小

水柱幻化为一名素衣的妇人，身上脸上都笼罩着白纱

小的、轻轻的声音，就像是温蒂妮从前在门外逗他时发出的声响。

“这一定是幻觉，”骑士对自己说，“我得走了，要去新房了。”

“你是得走了，但去不了新房了！”他听到，门口有一个声音抽泣着说道。接着，骑士从镜子里看到，门慢慢地、慢慢地开了，一个纯白的身影走了进来，又小心翼翼地把门关上。“他们把泉眼打开了，”她低低柔柔地说，“现在我来了，你就活不成了。”

骑士感觉到，他的心似乎已经停止了跳动，知道自己在劫难逃了。他用手将脸蒙住，小声请求道：“把我的生命拿去好了，但在我临死前不要吓我，如果你面纱后藏着一张可怕的脸，就请不要将纱拿掉，不要让我看到你可怕的样子！”

“唉！”白色的身影叹道，“我的样子没有变，还是和你当初在湖边遇见我时一模一样。难道你不想再看我最后一眼吗？”

“啊，如果是这样，我但愿能死在你的怀里！”希尔布兰德叹道。

“荣幸之至，我的爱人。”温蒂妮说着，取下脸上的面纱，天使般微微一笑。骑士满怀爱意和对死亡的恐惧颤抖着，迎接她那神圣的一吻。温蒂妮抱着他，再也不愿松手，越搂越紧，泪流成河，像是连灵魂都要一并哭出来。汹涌的泪水漫过了希尔布兰德的眼睛，没过他起伏的胸膛。最后，骑士停止了呼吸。他从温蒂妮美丽的臂弯里轻轻地滑落下来，倒在床上，变成了一具尸体。

“他死在我的眼泪里了。”温蒂妮经过前厅的时候，只对仆人们说了这一句，然后径自穿过瑟瑟发抖的人群，缓缓出门，往泉眼的方向去了。

第十九章　葬礼

林斯特滕堡主的噩耗刚传出去，海尔曼神父就回到了城堡，恰巧在门口碰到了给那对倒霉的新人举行婚礼的神父，后者惊恐万分，正急急忙忙地逃出大门离开了。

“也好，”海尔曼神父知晓了整件事的原委之后，幽幽地说，“接下来是我的工作了，不需要助手也能完成。”

他先去守寡的新娘那里，说了一些开慰的话，尽管以她那尘俗轻率的性情，未必能听进去多少，而老渔夫则相反，他虽然哀痛入骨，但并不怨天尤人。每当贝尔塔达用难听的话语咒骂温蒂妮是巫婆和刽子手，老渔夫都会平静地说：“凡事皆有因果，上帝是公平的。希尔布兰德死了，最痛苦的莫过于温蒂妮自己——那个可怜的、被抛弃的孩子啊！”

骑士的墓地

随后他开始帮忙安排后事，使葬礼按照死者的身份来举行。

希尔布兰德骑士将葬入村内教堂墓地的贵族区，与他的祖先们葬在一起，他和祖先们生前都曾给这所教堂做过许多捐赠。骑士的头盔和盾牌也会随他一起下葬，他已是林斯特滕家族最后的子嗣。

明静的天空下，送葬的人们唱着凄凉的安魂曲，悲哀地上路了。海尔曼神父背着高高的十字架走在队伍的最前面，老渔夫扶着伤心欲绝的贝尔塔达紧随其后。

忽然，黑色的送葬队伍里倏忽出现了一个白色的身影，用素纱紧紧地蒙着脸，伤心欲绝地绞着双手。她身旁的人们隐隐感觉到恐惧，于是纷纷退后或是闪到一边，最后白色的身影到哪里，哪里就乱成一片。一些送葬的士兵勇敢地跑过去，想把这诡异的白衣妇人赶出队伍，却似乎总是抓了个空，下一秒她就会出现在队伍里其他的位置，迈着缓慢而沉重的步伐，和别人一起悲伤地向前走。由于人们纷纷闪避，白衣妇人最终去了贝尔塔达身后，谦逊温和地跟在后面，慢慢地走着，贝尔塔达并没有察觉。

直到人们到了教堂墓地，在掘好的墓前围了一圈。贝尔塔达方才发现这位不速之客。她又恼火又害怕，要把这蒙面的白衣妇人赶走，不许她打扰骑士最后的安宁，但她轻轻摇了摇头，并不愿走开，对着贝尔塔达举起双手，做出恳求的姿势。贝尔塔达不由自主地想起，在多瑙河上，温蒂妮亲切地伸出手，要给她送项链的情景。昔日的姐妹情谊浮上心头，她心软了。

这时，海尔曼神父做了个手势让大家安静，请人们在死者入土之际默祷致哀。贝尔塔达默默跪了下来，所有人都一起跪下了，就连掘墓的工人也不例外。祷告结束之后，人们又站起身来，发现白衣妇人已消失不见了，而在她刚才跪着的草地上，忽然涌出了一小股银白色的泉水，盈盈地围着骑士的墓绕了一周，然后继续往前流去，注入了墓地旁边的一片湖泊。直到今天，村民们看到那泉水，都坚信那是可怜的、被抛弃的温蒂妮，正伸出温情的手臂，拥抱着她的爱人。

THE END

UNDINE

By La Motte-Fouqué

Illustrated by F. Bassett Comstock

GUANGDONG ECONOMIC PRESS

MCLOUGHLIN BROTHERS

DEDICATION

Undine, thou image fair and blest,
Since first thy strange, mysterious glance
Shone on me from some old romance,
How hast thou sung my heart to rest!

How hast thou clung to me and smiled,
And wouldest, whispering in my ear,
Give vent to all thy miseries drear, —
A little, half-spoiled, timorous child!

Yet hath my zither caught the sound,
And breathed from out its gates of gold
Each gentle word thy lips have told,
Until their fame is spread around.

And many a heart has loved thee well,
In spite of every wayward deed,
And many a one will gladly read
The pages that thy history tell.

I catch the whispered hope expressed
That thou should'st once again appear;
So cast aside each doubt and fear,
And come, Undine, thou spirit blest!

Greet every noble in the hall,
And greet 'fore all, with trusting air,
The beauteous women gathered there;
I know that thou art loved by all.

And if one ask thee after me,
Say: "He's a true and noble knight,
Fair woman's slave in song and fight,
And in all deeds of chivalry."

Contents

CHAPTER I HOW THE KNIGHT CAME TO THE FISHERMAN

There was once—it may be now many hundred years ago—a good old fisherman, who was sitting one fine evening before his door, mending his nets. The part of the country in which he lived was extremely pretty. The greensward, on which his cottage stood, ran far into the lake, and it seemed as if it was from love for the blue, clear waters that the tongue of land had stretched itself out into them, while with an equally fond embrace the lake had encircled the green pasture, rich with waving grass and flowers and the refreshing shade of trees. The one welcomed the other, and it was just this that made each so beautiful. There were, indeed, few human beings, or rather none at all, to be met with on this pleasant spot, except the fisherman and his family; for at the back of this little promontory there lay a very wild forest, which, both from its gloom and pathless solitude, as well as from the wonderful creatures and illusions with which it was said to abound, was avoided by most people, except in cases of necessity.

The pious old fisherman, however, passed through it many a time undisturbed, when he was taking the choice fish, which he had caught at his beautiful home, to a large town situated not far from the confines of the forest. The principal reason why it was so easy for him to pass through this forest was because the tone of his thoughts was almost entirely of a religious character, and besides this, whenever he set foot upon the evil-reputed shades he was wont to sing some holy song, with a clear voice and a sincere heart.

While sitting over his nets this evening, unsuspicious of any evil, a sudden fear came upon him, at the sound of a rustling in the gloom of the forest, as of a horse and rider, the noise approaching nearer and nearer to the little promontory. All that he had dreamed, in many a stormy night, of the mysteries of the forest, now flashed at once through his mind; foremost of all, the image of a gigantic snow-white man, who kept unceasingly nodding his head in a portentous manner. Indeed, when he raised his eyes toward the wood, it seemed to him as if he actually saw the nodding man approaching through the dense foliage. He soon, however, reassured himself, reflecting that nothing serious had ever befallen him even in the forest itself, and that upon this open tongue of land the evil spirit would be still less daring in the exercise of his power. At the same time he repeated aloud a text from the Bible with all his heart, and this so inspired him with courage that he almost smiled at the illusion he had allowed to possess him. The white nodding man was suddenly transformed into a brook long familiar to him, which ran foaming from the forest and discharged itself into the lake. The noise, however, which he had heard, was caused by a knight, beautifully apparelled, who, emerging from the deep shadows of the wood, came riding toward the cottage. A scarlet mantle was thrown over his purple, gold-embroidered doublet; a red and violet plume waved from his golden-colored head-gear; and a beautifully and richly ornamented sword flashed from his shoulder belt. The white steed that bore the knight was more slenderly formed than war-horses generally are, and he stepped so lightly over the turf that this green and flowery carpet seemed scarcely to receive the slightest injury from his tread.

The old fisherman did not, however, feel perfectly secure in his mind, although he tried to convince himself that no evil was to be feared from so graceful an apparition; and therefore he politely took off his hat as the knight approached, and remained quietly with his nets.

Presently the stranger drew up, and inquired whether he and his horse could have shelter and care for the night.

"As regards your horse, good sir," replied the fisherman, "I can assign him no better stable than this shady pasture, and no better provender than the grass growing on it. Yourself, however, I will gladly welcome to my small cottage, and give you supper and lodging as good as we have."

The knight was well satisfied with this; he alighted from his horse, and, with the assistance of the fisherman, he relieved it from saddle and bridle, and turned it loose upon the flowery green.

Then addressing his host, he said: "Even had I found you less hospitable and kindly disposed, my worthy old fisherman, you would, nevertheless, scarcely have got rid of me to-day; for, as I see, a broad lake lies before us, and to ride back into that mysterious wood with the shades of evening coming on, Heaven keep me from it!"

"We will not talk too much of that." said the fisherman, and he led his guest into the cottage.

There, beside the hearth, from which a scanty fire shed a dim light through the cleanly-kept room, sat the fisherman's aged wife in a capacious chair. At the entrance of the noble guest she rose to give him a kindly welcome, but resumed her seat of honor without offering it to the stranger. Upon this the fisherman said with a smile:

"You must not take it amiss of her, young sir, that she has not given up to you the most comfortable seat in the house; it is a custom among poor people, that it should belong exclusively to the aged."

"Why, husband," said the wife, with a quiet smile, "what can you be thinking of? Our guest belongs no doubt to Christian men, and how could it come into the head of the good young blood to drive old people from their chairs? Take a seat, my young master," she continued, turning toward the knight; "over there, there is a right pretty little chair, only you must not move about on it too roughly, for one of its legs is no longer of the firmest."

The knight fetched the chair carefully, sat down upon it good-humoredly, and it seemed to him as if he were related to this little household, and had just returned from abroad.

The three worthy people now began to talk together in the most friendly and familiar manner. With regard to the forest, about which the knight made some inquiries, the old man was not inclined to be communicative, he felt it was not a subject suited to approaching night; but the aged couple spoke freely of their home and former life, and listened also gladly when the knight recounted to them his travels, and told them that he had a castle near the source of the Danube, and that his name was Sir Huldbrand of Ringstetten.

During the conversation, the stranger had already occasionally heard a splash against the little low window, as if some one were sprinkling water against it. Every time the noise occurred, the old man knit his brow with displeasure; but when at last a whole shower was dashed against the panes, and bubbled into the room through the decayed casement, he rose angrily, and called threateningly from the window: "Undine! will you for once leave off these childish tricks? and to-day, besides, there is a stranger knight with us in the cottage."

All was silent without, only a suppressed laugh was audible, and the fisherman said as he returned: "You must pardon it in her, my honored guest, and perhaps many a naughty trick besides; but she means no harm by it. It is our foster-child, Undine, and she will not wean herself from this childishness, although she has already entered her eighteenth year. But, as I said, at heart she is thoroughly good."

"You may well talk," replied the old woman, shaking her head; "when you come home from fishing or from a journey, her frolics may then be very delightful; but to have her about one the whole day long, and never to hear a sensible word, and instead of finding her a help in the housekeeping as she grows older, always to be obliged to be taking care that her follies do not completely ruin us, that is quite another thing, and the patience of a saint would be worn out at last."

"Well, well," said her husband, with a smile, "you have your troubles with Undine, and I have mine with the lake. It often breaks away my dams and tears my nets to pieces, but for all that I have an affection for it; and so have you for the pretty child, in spite of all your crosses and vexations. Isn't it so?"

"One can't be very angry with her, certainly," said the old

woman, and she smiled approvingly.

Just then the door flew open, and a beautiful, fair girl glided laughing into the room, and said: "You have only been jesting, father, for where is your guest?"

At the same moment, however, she perceived the knight, and stood fixed with astonishment before the handsome youth. Huldbrand was struck with her charming appearance, and dwelt the more earnestly on her lovely features, as he imagined it was only her surprise that gave him this brief enjoyment, and that she would presently turn from his gaze with increased bashfulness.

It was, however, quite otherwise; for after having looked at him for some time, she drew near him confidingly, knelt down before him, and said, as she played with a gold medal which he wore on his breast, suspended from a rich chain: "Why, you handsome, kind guest, how have you come to our poor cottage at last? Have you been obliged then to wander through the world for years before you could find your way to us? Do you come out of that wild forest, my beautiful knight?"

The old woman's reproof allowed him no time for reply. She admonished the girl to stand up and behave herself and to go to her work. Undine, however, without making any answer, drew a little footstool close to Huldbrand's chair, sat down upon it with her spinning, and said pleasantly: "I will work here."

The old man did as parents are wont to do with spoiled children; he affected to observe nothing of Undine's naughtiness, and was beginning to talk of something else. But this the girl would not let him do, she said: "I have asked our charming guest whence he comes, and he has not yet answered me."

"I come from the forest, you beautiful little vision." returned Huldbrand; and she went on to say: —

"Then you must tell me how you came there, for it is usually so feared, and what marvellous adventures you met with in it; for it is impossible to escape without something of the sort."

Huldbrand felt a slight shudder at this remembrance, and looked involuntarily toward the window, for it seemed to him as if one of the strange figures he had encountered in the forest were grinning in there; but he saw nothing but the deep, dark night, which had now shrouded everything without. Upon this he composed himself, and was on the point of beginning his little history, when the old man interrupted him by saying: "Not so, sir knight, this is no fit hour for such things."

Undine, however, sprang angrily from her little stool, and,

standing straight before the fisherman with her fair arms fixed in her sides, she exclaimed: "He shall not tell his story, father? He shall not? But it is my will. He shall! He shall in spite of you!" And thus saying she stamped her pretty little foot vehemently on the floor, but she did it all with such a comically graceful air that Huldbrand now felt his gaze almost more riveted upon her in her anger than before in her gentleness.

The restrained wrath of the old man, on the contrary, burst forth violently. He severely reproved Undine's disobedience and unbecoming behavior to the stranger, and his good old wife joined with him heartily. Undine quickly retorted: "If you want to chide me, and won't do what I wish, then sleep alone in your old smoky hut!" And swift as an arrow she flew from the room, and fled into the dark night.

CHAPTER II IN WHAT WAY UNDINE HAD COME TO THE FISHERMAN

Huldbrand and the fisherman sprang from their seats and were on the point of following the angry girl. Before they reached the cottage door, however, Undine had long vanished in the shadowy darkness without, and not even the sound of her light footstep betrayed the direction of her flight. Huldbrand looked inquiringly at his host; it almost seemed to him as if the whole sweet apparition, which had suddenly merged again into the night, were nothing else than one of that band of the wonderful forms which had, but a short time since, carried on their pranks with him in the forest. But the old man murmured between his teeth: "This is not the first time that she has treated us in this way. Now we have aching hearts and sleepless eyes the whole night through; for who knows that she may not some day come to harm, if she is thus out alone in the dark until daylight."

"Then let us for God's sake follow her." cried Huldbrand, anxiously.

"What would be the good of it?" replied the old man. "It would be a sin were I to allow you, all alone, to follow the foolish girl in the solitary night, and my old limbs would not overtake the wild runaway, even if we knew in what direction she had gone."

"We had better at any rate call after her, and beg her to come back," said Huldbrand, and he began to call in the most earnest manner: "Undine! Undine! Pray come back!"

The old man shook his head, saying that all that shouting would help but little, for the knight had no idea how self-willed the little truant was. But still he could not forbear often calling out with him in the dark night: "Undine! Ah, dear Undine, I beg you to come back—only this once!"

It turned out, however, as the fisherman had said. No Undine was to be heard or seen, and as the old man would on no account consent that Huldbrand should go in search of the fugitive, they were at last both obliged to return to the cottage. Here they found the fire on the hearth almost gone out, and the old wife, who took Undine's flight and danger far less to heart than her husband, had already retired to rest. The old man blew up the fire, laid some dry wood on it, and by the light of the flame sought out a tankard of wine, which he placed between himself and his guest.

"You, sir knight," said he, "are also anxious about that silly girl, and we would both rather chatter and drink away a part of the night than keep turning round on our rush mats trying in vain to sleep. Is it not so?"

Huldbrand was well satisfied with the plan; the fisherman obliged him to take the seat of honor vacated by the good old housewife, and both drank and talked together in a manner becoming two honest and trusting men. It is true, as often as the slightest thing moved before the windows, or even at times when nothing was moving, one of the two would look up and say: "She is coming!" Then they would be silent for a moment or two, and as nothing appeared, they would shake their heads and sigh and go on with their talk.

As, however, neither could think of anything but of Undine, they knew of nothing better to do than that the old fisherman should tell the story, and the knight should hear, in what manner Undine had first come to the cottage. He therefore began as follows: —

"It is now about fifteen years ago that I was one day crossing the wild forest with my goods, on my way to the city. My wife had stayed at home, as her wont is, and at this particular time for a very good reason; for God had given us, in our tolerably advanced age, a wonderfully beautiful child. It was a little girl; and a question already arose between us, whether for the sake of the new comer we would not leave our lovely home that we might better bring up this dear gift of Heaven in some more habitable place. Poor people, indeed, cannot do in such cases as you may think they ought, sir knight; but, with God's blessing, every one must do what he can. Well, the matter was tolerably in my head as I went along. This slip of land was so dear to me, and I shuddered when, amid the noise and brawls of the city, I thought to myself, 'In such scenes as these, or in one not much more quiet, thou wilt also soon make thy abode!' But at the same time I did not murmur against the good God; on the contrary, I thanked Him in secret for the new-born babe; I should be telling a lie, too, were I to say that on my journey through the wood, going or returning, anything befell me out of the common way, and at that time I had never seen any of its fearful wonders. The Lord was ever with me in those mysterious shades."

As he spoke he took his little cap from his bald head, and remained for a time occupied with prayerful thoughts; he then covered himself again, and continued: —

"On this side the forest, alas! a sorrow awaited me. My wife came to meet me with tearful eyes and clad in mourning. 'Oh! Good God!' I groaned, 'where is our dear child? speak!'

" 'With Him on whom you have called, dear husband,' she replied.

"We now entered the cottage together, weeping silently. I looked around for the little corpse, and it was then only that I learned how it had all happened.

"My wife had been sitting with the child on the edge of the lake, and as she was playing with it, free of all fear and full of happiness, the little one suddenly bent forward, as if attracted by something very beautiful in the water. My wife saw her laugh, the dear angel, and stretch out her little hands; but in a moment she had sprung out of her mother's arms, and had sunk beneath the watery mirror. I sought long for our little lost one; but it was all in vain, there was no trace of her to be found.

"The same evening we, childless parents, were sitting silently together in the cottage; neither of us had any desire to talk, even had our tears allowed us. We sat gazing into the fire on the hearth. Presently, we heard something rustling outside the door; it flew open, and a beautiful little girl three or four years old, richly dressed, stood on the threshold smiling at us. We were quite dumb with astonishment, and I knew not at first whether it were a vision or a reality. But I saw the water dripping from her golden hair and rich garments, and I perceived that the pretty child had been lying in the water, and needed help. 'Wife,' said I, 'no one has been able to save our dear child; yet let us at any rate do for others what would have made us so blessed.' We undressed the little one, put her to bed, and gave her something warm. At all this she spoke not a word, and only fixed her eyes, that reflected the blue of the lake and of the sky, smilingly upon us. Next morning we quickly perceived that she had taken no harm from her wetting; and I now inquired about her parents, and how she had come here. But she gave a confused and strange account. She must have been born far from here; not only because for these fifteen years I have not been able to find out anything of her parentage, but because she then spoke, and at times still speaks, of such singular things, that such as we are cannot tell but that she may have dropped upon us from the moon. She talks of golden castles, of crystal domes, and Heaven knows what besides. The story that she told with most distinctness was, that she was out in a boat with her mother on the great lake, and fell into the water, and that she only recovered her senses here under the trees, where she felt herself quite happy on the merry shore. We had still a great misgiving and perplexity weighing on our heart. We had, indeed, soon decided to keep the child we had found, and to bring her up in the place of our lost darling; but who could tell us whether she had been baptized or not? She herself could give us no information on the matter. She, generally, answered our questions by saying that she well knew she was created for God's praise and glory, and that she was ready to let us do with her whatever would tend to His honor and glory.

"My wife and I thought that if she were not baptized, there was no time for delay, and that if she were, a good thing could not be repeated too often. And in pursuance of this idea, we reflected upon a good name for the child, for we now were often at a loss to know what to call her. We agreed at last that Dorothea would be the most suitable for her; for I once heard that it meant *a gift of God*, and she had surely been sent to us by God as a gift and comfort in our misery. She, on the other hand, would not hear of this, and told us that she thought she had been called Undine by her parents, and that Undine she wished still to be called. Now this appeared to me a heathenish name, not to be found in any calendar; and I took counsel therefore of a priest in the city. He also would not hear of the name of Undine, but at my earnest request he came with me through the mysterious forest in order to perform the rite of baptism here in my cottage. The little one stood before us so prettily arrayed, and looked so charming, that the priest's heart was at once moved within him; and she flattered him so prettily, and braved him so merrily, that at last he could no longer remember the objections he had had ready against the name of Undine. She was therefore baptized Undine; and during the sacred ceremony she behaved with great propriety and sweetness, wild and restless as she invariably was at other times. For my wife was quite right when she said that it has been hard to put up with her. If I were to tell you—"

The knight interrupted the fisherman to draw his attention to a noise, as of a rushing flood of waters, which had caught his ear during the old man's talk, and which now burst against the cottage window with redoubled fury. Both sprang to the door. There they saw, by the light of the now risen moon, the brook which issued from the wood widely overflowing its banks, and whirling away stones and branches of trees in its sweeping course. The storm, as if awakened by the tumult, burst forth from the mighty clouds which passed rapidly across the moon; the lake roared under the furious lashing of the wind; the trees of the little peninsula groaned from root to topmost bough, and bent, as if reeling, over the surging waters. "Undine! for Heaven's sake, Undine!" cried the two men in alarm. No answer was returned, and regardless of every other consideration, they ran out of the cottage, one in this direction, and the other in that, searching and calling.

CHAPTER III HOW THEY FOUND UNDINE AGAIN

The longer Huldbrand sought Undine beneath the shades of night and failed to find her, the more anxious and confused did he become. The idea that Undine had been only a mere apparition of the forest again gained ascendancy over him. Indeed, amid the howling of the waves and the tempest, the cracking of the trees, and the complete transformation of a scene lately so calmly beautiful, he could almost have considered the whole peninsula, with its cottage and its inhabitants, as a mocking, illusive vision; but from afar he still ever heard through the tumult the fisherman's anxious call for Undine, and the loud praying and singing of his aged wife. At length he came close to the brink of the swollen stream, and saw in the moonlight how it had taken its wild course directly in front of the haunted forest, so as to change the peninsula into an island. "Oh God!" he thought to himself, "if Undine has ventured a step into that fearful forest, perhaps in her charming wilfulness, just because I was not allowed to tell her about it, the stream may be rolling between us, and she may be weeping on the other side alone among phantoms and spectres!" A cry of horror escaped him, and he clambered down some rocks and overthrown pine-stems, in order to reach the rushing stream, and by wading or swimming to seek the fugitive on the other side. He remembered all the awful and wonderful things which he had encountered, even by day, under the now rustling and roaring branches of the forest. Above all, it seemed to him as if a tall man in white, whom he knew but too well, was grinning and nodding on the opposite shore; but it was just these monstrous forms which forcibly impelled him to cross the flood, as the thought seized him that Undine might be among them in the agonies of death and alone.

He had already grasped the strong branch of a pine, and was standing supported by it in the whirling current, against which he could with difficulty maintain himself, though with a courageous spirit he advanced deeper into it. Just then a gentle voice exclaimed near him: "Venture not; venture not; the old man, the stream, is full of tricks!"

He knew the sweet tones. He stood as if entranced beneath the shadows that duskily shrouded the moon, and his head swam with the swelling of the waves, which he now saw rapidly rising to his waist. Still he would not desist.

"If thou art not really there, if thou art only floating about me like a mist, then may I too cease to live, and become a shadow like thee, dear, dear Undine!" Thus exclaiming aloud, he again stepped deeper into the stream.

"Look round thee, oh, look round thee, beautiful but infatuated youth!" cried a voice again close beside him; and, looking aside, he saw by the momentarily unveiled moon, a little island formed by the flood, on which he perceived under the interweaved branches of the overhanging trees, Undine smiling and happy, nestling in the flowery grass.

Oh! how much more gladly than before did the young man now use the aid of his pine-branch!

With a few steps he had crossed the flood which was rushing between him and the maiden, and he was standing beside her on a little spot of turf, safely guarded and screened by the good old trees. Undine had half raised herself, and now under the green, leafy tent she threw her arms round his neck and drew him down beside her on her soft seat.

"You shall tell me your story here, beautiful friend," said she, in a low whisper; "the cross old people cannot hear us here, and our roof of leaves is just as good a shelter as their poor cottage."

"It is heaven itself!" said Huldbrand, embracing the beautiful girl and kissing her fervently.

The old fisherman, meanwhile, had come to the edge of the stream, and shouted across to the two young people: "Why, sir knight, I have received you as one honest-hearted man is wont to receive another, and now here you are caressing my foster-child in secret, and letting me run hither and thither through the night in anxious search of her."

"I have only just found her myself, old father." returned the knight.

"So much the better," said the fisherman; "but now bring her across to me without delay upon firm ground."

Undine, however, would not hear of this; she declared she would rather go with the beautiful stranger into the wild forest itself than return to the cottage, where no one did as she wished, and from which the beautiful knight would himself depart sooner or later. Then, throwing her arms round Huldbrand, she sang, with indescribable grace: —

A stream ran out of the misty vale
Its fortunes to obtain;
In the ocean's depths it found a home,
And ne'er returned again.

The old fisherman wept bitterly at her song, but this did not seem to affect her particularly. She kissed and caressed her new friend, who at last said to her: "Undine, if the old man's distress does not touch your heart, it touches mine—let us go back to him."

She opened her large blue eyes in amazement at him, and spoke at last, slowly and hesitatingly: "If you think so—well, whatever you think is right to me. But the old man yonder must first promise me that he will let you, without objection, relate to me what you saw in the wood, and—well, other things will settle themselves."

"Come, only come!" cried the fisherman to her, unable to utter another word, and at the same time he stretched out his arms far over the rushing stream toward her, and nodded his head as if to promise the fulfilment of her request; and as he did this, his white hair fell strangely over his face, and reminded

Huldbrand of the nodding white man in the forest. Without allowing himself, however, to grow confused by such an idea, the young knight took the beautiful girl in his arms and bore her over the narrow passage which the stream had forced between her little island and the shore.

The old man fell upon Undine's neck, and could not satisfy the exuberance of his joy; his good wife also came up and caressed the newly-found in the heartiest manner. Not a word of reproach passed their lips; nor was it thought of, for Undine, forgetting all her waywardness, almost overwhelmed her foster-parents with affection and fond expressions.

When at last they had recovered from the excess of their joy, day had already dawned, and had shed its purple hue over the lake; stillness had followed the storm, and the little birds were singing merrily on the wet branches. As Undine now insisted upon hearing the knight's promised story, the aged couple smilingly and readily acceded to her desire. Breakfast was brought out under the trees which screened the cottage from the lake, and they sat down to it with contented hearts—Undine on the grass at the knight's feet, the place chosen by herself.

Huldbrand then proceeded with his story.

CHAPTER IV OF THAT WHICH THE KNIGHT ENCOUNTERED IN THE WOOD

"It is now about eight days ago since I rode into the free, imperial city which lies on the other side of the forest. Soon after my arrival, there was a splendid tournament and running at the ring, and I spared neither my horse nor my lance. Once when I was pausing at the lists to rest after my merry toil, and was handing back my helmet to one of my squires, my attention was attracted by a female figure of great beauty, who was standing, richly attired, on one of the galleries allotted to spectators."

"I asked my neighbor, and learned from him that the name of the fair lady was Bertalda, and that she was the foster-daughter of one of the powerful dukes living in the country. I remarked that she also was looking at me; and, as it is wont to be with us young knights, I had already ridden bravely, and now pursued my course with renovated confidence and courage. In the dance that evening I was Bertalda's partner, and I remained so throughout the festival."

A sharp pain in his left hand, which hung down by his side, here interrupted Huldbrand's narrative, and drew his attention to the aching part. Undine had fastened her pearly teeth upon one of his fingers, appearing at the same time very gloomy and angry. Suddenly, however, she looked up in his eyes with an expression of tender melancholy, and whispered in a soft voice: "It is your own fault." Then she hid her face; and the knight, strangely confused and thoughtful, continued his narrative.

"This Bertalda was a haughty, wayward girl. Even on the second day she pleased me no longer as she had done on the first, and on the third day still less. Still I continued about her, because she was more pleasant to me than to any other knight; and thus it was that I begged her in jest to give me one of her gloves. 'I will give it you when you have quite alone explored the ill-famed forest,' said she, 'and can bring me tidings of its wonders.' It was not that her glove was of such importance to me, but the word had been said, and an honorable knight would not allow himself to be urged a second time to such a proof of valor."

"I think she loved you." said Undine, interrupting him.

"It seemed so." replied Huldbrand.

"Well," exclaimed the girl, laughing, "she must be stupid indeed—to drive away any one dear to her! And, moreover, into an ill-omened wood! The forest and its mysteries might have waited long enough for me."

"Yesterday morning." continued the knight, smiling kindly at Undine, "I set out on my enterprise. The stems of the trees caught the red tints of the morning light which lay brightly on the green turf, the leaves seemed whispering merrily with each other, and in my heart I could have laughed at the people who could have expected anything to terrify them in this pleasant spot. 'I shall soon have trotted through the forest there and back again.' I said to myself, with a feeling of easy gayety; and before I had even thought of it, I was deep within the green shades, and could no longer perceive the plain which lay behind me. Then for the first time it struck me that I might easily lose my way in the mighty forest, and that this perhaps was the only danger which the wanderer had to fear. I therefore paused and looked round in the direction of the sun, which in the mean while had risen somewhat higher above the horizon. While I was thus looking up, I saw something black in the branches of a lofty oak. I thought it was a bear, and I grasped my sword; but with a human voice, that sounded harsh and ugly, it called to me from above: 'If I do not nibble away the branches up here, Sir Malapert, what shall we have to roast you with at midnight?' And so saying it grinned and made the branches rustle, so that my horse grew furious, and rushed forward with me before I had time to see what sort of a devil it really was."

"You must not call it so." said the old fisherman as he crossed himself, his wife did the same silently. Undine looked at the knight with sparkling eyes and said: "The best of the story is that they certainly have not roasted him yet—go on now, you beautiful youth."

The knight continued his narration: "My horse was so wild that he almost rushed with me against the stems and branches of trees; he was dripping with sweat, and yet would not suffer himself to be held in. At last he went straight in the direction of a rocky precipice; then it suddenly seemed to me as if a tall white man threw himself across the path of my wild steed; the horse trembled with fear and stopped: "I recovered my hold of him, and for the first time perceived that my deliverer was no white man, but a brook of silvery brightness, rushing down from a hill by my side and crossing and impeding my horse's course."

"Thanks, dear Brook." exclaimed Undine, clapping her little hands. The old man, however, shook his head, and looked down in deep thought.

"I had scarcely settled myself in the saddle," continued Huldbrand, "and seized the reins firmly, when a wonderful little man stood at my side, diminutive, and ugly beyond conception. His complexion was of a yellowish brown, and his nose not much smaller than the rest of his entire person. At the same time he kept grinning with stupid courtesy, exhibiting his huge mouth, and making a thousand scrapes and bows to me. As this farce was now becoming inconvenient to me, I thanked him briefly and turned about my still trembling steed, thinking either to seek another adventure, or in case I met with none, to find my way back, for during my wild chase the sun had already passed the meridian; but the little fellow sprang round with the speed of lightning and stood again before my horse. 'Room!' I cried, angrily, 'the animal is wild and may easily run over you.' 'Ay, ay!' snarled the imp, with a grin still more horribly stupid. 'Give me first some drink-money, for I have stopped your horse; without me, you and your horse would be now both lying in the stony ravine, ugh!' 'Don't make any more faces,' said I, 'and take your money, even if you are telling lies; for see, it was the good brook there that saved me, and not you, you miserable wight!' And at the same time I dropped a piece of gold into his grotesque cap, which he had taken off in his begging. I then trotted on; but he screamed after me, and suddenly with inconceivable quickness was at my side. I urged my horse into a gallop; the imp ran too, making at the same time strange contortions with his body, half-ridiculous, half-horrible, and holding up the gold-piece, he cried, at every leap, 'False money! false coin! false coin! false money!'—and this he uttered with such a hollow sound that one would have supposed that after every scream he would have fallen dead to the ground.

"His horrid red tongue, moreover, hung far out of his mouth. I stopped, perplexed, and asked: 'What do you mean by this screaming? Take another piece of gold, take two, but leave me.' He then began again his hideous burlesque of politeness, and snarled out: 'Not gold, not gold, my young gentleman. I have too much of that trash myself, as I will show you at once!'

"Suddenly it seemed to me as if I could see through the solid soil as though it were green glass, and the smooth earth were as round as a ball; and within, a multitude of goblins were ranking sport with silver and gold; head over heels they were rolling about, pelting each other in jest with the precious metals, and provokingly blowing the gold-dust in each other's eyes. My hideous companion stood partly within and partly without; he ordered the others to reach him up heaps of gold, and showing it to me with a laugh, he then flung it back again with a ringing noise into the immeasurable abyss.

"He then showed the piece of gold I had given him to the goblins below, and they laughed themselves half-dead over it and hissed at me. At last they all pointed at me with their metal-stained fingers, and more and more wildly, and more and more densely, and more and more madly, the swarm of spirits came clambering up to me. I was seized with terror as my horse had been before; I put spurs to him, and I know not how far I galloped, for the second time, wildly into the forest.

"At length, when I again halted, the coolness of evening was around me. Through the branches of the trees I saw a white foot-path gleaming, which I fancied must lead from the forest toward the city. I was anxious to work my way in that direction; but a face, perfectly white and indistinct, with features ever changing, kept peering at me between the leaves; I tried to avoid it; but wherever I went, it appeared also. Enraged at this, I determined at last to ride at it, when it gushed forth volumes of foam upon me and my horse, obliging us half-blinded to make a rapid retreat. Thus it drove us step by step ever away from the foot-path, leaving the way open to us only in one direction. When we advanced in this direction, it kept, indeed, close behind us, but did not do us the slightest harm.

"Looking around at it occasionally, I perceived that the white face that had besprinkled us with foam belonged to a form equally white and of gigantic stature. Many a time I thought that it was a moving stream, but I could never convince myself on the subject. Wearied out, the horse and his rider yielded to the impelling power of the white man, who kept nodding his head, as if he would say, 'Quite right, quite right!' And thus at last we came out here to the end of the forest, where I saw the turf, and the lake, and your little cottage, and where the tall white man disappeared."

"It's well that he's gone." said the old fisherman, and now he began to talk of the best way by which his guest could return to his friends in the city.

Upon this Undine began to laugh slyly to herself; Huldbrand observed it, and said: "I thought you were glad to see me here, why then do you now rejoice when my departure is talked of?"

"Because you cannot go away." replied Undine. "Just try it once, to cross that overflowed forest stream with a boat, with your horse, or alone, as you may fancy. Or rather don't try it, for you would be dashed to pieces by the stones and trunks of trees which are carried down by it with the speed of lightning. And as to the lake, I know it well; father dare not venture out far enough with his boat."

Huldbrand rose, smiling, in order to see whether things were as Undine had said; the old man accompanied him, and the girl danced merrily along by their side. They found everything, indeed, as Undine had described, and the knight was obliged to submit to remain on the little tongue of land, that had become an island, till the flood should subside.

As the three were returning to the cottage after their ramble, the knight whispered in the ear of the little maiden: "Well, how is it, my pretty Undine—are you angry at my remaining?"

"Ah!" she replied, peevishly, "let me alone. If I had not bitten you, who knows how much of Bertalda would have appeared in your story?"

CHAPTER V HOW THE KNIGHT LIVED ON THE LITTLE PROMONTORY

After having been much driven to and fro in the world, you have perhaps, my dear reader, reached at length some spot where all was well with thee; where the love for home and its calm peace, innate to all, has again sprung up within thee; where thou hast thought that this home was rich with all the flowers of childhood and of the purest, deepest love that rests upon the graves of those that are gone, and thou hast felt it must be good to dwell here and to build habitations. Even if thou hast erred in this, and hast had afterward bitterly to atone for the error, that is nothing to the purpose now, and thou wouldst not, indeed, voluntarily sadden thyself with the unpleasant recollection. But recall that inexpressibly sweet foreboding, that angelic sense of peace, and thou wilt know somewhat of the knight

Huldbrand's feelings during his abode on the little promontory.

He often perceived with hearty satisfaction that the forest stream rolled along every day more wildly, making its bed ever broader and broader, and prolonging his sojourn on the island to an indefinite period. Part of the day he rambled about with an old cross-bow which he had found in a corner of the cottage and had repaired; and, watching for the water-fowl, he killed all that he could for the cottage kitchen. When he brought his booty home, Undine rarely neglected to upbraid him with having so cruelly deprived the happy birds of life; indeed, she often wept bitterly at the sight he placed before her. But if he came home another time without having shot anything, she scolded him no less seriously, since now, from his carelessness and want of skill, they had to be satisfied with living on fish. He always delighted heartily in her graceful little scoldings, all the more as she generally strove to compensate for her ill-humor by the sweetest caresses.

The old people took pleasure in the intimacy of the young pair; they regarded them as betrothed, or even as already united in marriage, and living on this isolated spot, as a succor and support to them in their old age. It was this same sense of seclusion that suggested the idea also to Huldbrand's mind that he was already Undine's accepted one. He felt as if there were no world beyond these surrounding waters, or as if he could never recross them to mingle with other men; and when at times his grazing horse would neigh, as if inquiringly to remind him of knightly deeds, or when the coat of arms on his embroidered saddle and horse-gear shone sternly upon him, or when his beautiful sword would suddenly fall from the nail on which it was hanging in the cottage, gliding from the scabbard as it fell, he would quiet the doubts of his mind by saving: "Undine is no fisherman's daughter; she belongs, in all probability, to some illustrious family abroad."

There was only one thing to which he had a strong aversion, and this was when the old dame reproved Undine in his presence. The wayward girl, it is true, laughed at it for the most part, without attempting to conceal her mirth; but it seemed to him as if his honor were concerned, and yet he could not blame the old fisherman's wife, for Undine always deserved at least ten times as many reproofs as she received; so, in his heart, he felt the balance in favor of the old woman, and his whole life flowed onward in calm enjoyment.

There came, however, an interruption at last. The fisherman and the knight had been accustomed at their mid-day meal, and also in the evening when the wind roared without, as it was always wont to do toward night, to enjoy together a flask of wine. But now the store which the fisherman had from time to time brought with him from the town, was exhausted, and the two men were quite out of humor in consequence.

Undine laughed at them excessively all day, but they were neither of them merry enough to join in her jests as usual. Toward evening she went out of the cottage to avoid, as she said, two such long and tiresome faces. As twilight advanced, there were again tokens of a storm, and the water rushed and roared. Full of alarm, the knight and the fisherman sprang to the door, to bring home the girl, remembering the anxiety of that night when Huldbrand had first come to the cottage. Undine, however, met them, clapping her little hands with delight. "What will you give me," she said, "to provide you with wine?" or rather, "You need not give me anything," she continued, "for I am satisfied if you will look merrier and be in better spirits than you have been throughout this whole wearisome day. Only come with me; the forest stream has driven ashore a cask, and I will be condemned to sleep through a whole week if it is not a wine-cask."

The men followed her, and in a sheltered creek on the shore, they actually found a cask which inspired them with the hope that it contained the generous drink for which they were thirsting.

They at once rolled it as quickly as possible toward the cottage, for the western sky was overcast with heavy storm-clouds, and they could observe in the twilight the waves of the lake raising their white, foaming heads, as if looking out for the rain which was presently to pour down upon them. Undine helped the men as much as she was able, and when the storm of rain suddenly burst over them, she said, with a merry threat to the heavy clouds: "Come, come, take care that you don't wet us; we are still some way from shelter."

The old man reproved her for this, as simple presumption; but she laughed softly to herself, and no mischief befell any one in consequence of her levity. Nay, more, contrary to all expectation, they reached the comfortable hearth with their booty, perfectly dry, and it was not till they had opened the cask, and had proved that it contained some wonderfully excellent wine, that the rain burst forth from the dark cloud, and the storm raged among the tops of the trees, and over the agitated billows of the lake.

Several bottles were soon filled from the great cask, which promised a supply for many days, and they were sitting drinking and jesting round the glowing fire, feeling comfortably secured from the raging storm without. Suddenly the old fisherman became very grave, and said: "Ah, great God! here we are rejoicing over this rich treasure and he to whom it once belonged, and of whom the floods have robbed it, has probably lost this precious life in their waters."

"That he has not." declared Undine, as she smilingly filled the knight's cup to the brim.

But Huldbrand replied: "By my honor, old father, if I knew where to find and rescue him, no knightly errand and no danger would I shirk. So much, however, I can promise you, that if ever again I reach more inhabited lands, I will find out the owner of this wine or his heirs, and requite it twofold—nay, threefold."

This delighted the old man; he nodded approvingly to the knight, and drained his cup with a better conscience and greater pleasure.

Undine, however, said to Huldbrand: "Do as you will with your gold and your reimbursement; but you spoke foolishly about the venturing out in search. I should cry my eyes out if you were lost in the attempt, and isn't it true that you would yourself rather stay with me and the good wine?"

"Yes, indeed." answered Huldbrand, smiling.

"Then," said Undine, "you spoke unwisely; for charity begins at home, and what do other people concern us?"

The old woman turned away sighing and shaking her head, the fisherman forgot his wonted affection for the pretty girl and scolded her.

"It sounds exactly," said he, as he finished his reproof, "as if Turks and heathens had brought you up; may God forgive both me and you, you spoiled child."

"Well," replied Undine, "for all that, it is what I feel, let who will hate brought me up; and all your words can't help that."

"Silence!" exclaimed the fisherman; and Undine, who, in spite of her pertness, was exceedingly fearful, shrank from him, and, moving tremblingly toward Huldbrand, asked him, in a soft tone: "Are you also angry, dear friend?"

The knight pressed her tender hand and stroked her hair. He could say nothing, for vexation at the old man's severity toward Undine closed his lips; and thus the two couples sat opposite to each other, with angry feelings and embarrassed silence.

CHAPTER VI OF A NUPTIAL CEREMONY

A low knocking at the door was heard in the midst of this stillness, startling all the inmates of the cottage; for there are times when a little circumstance, happening quite unexpectedly, can unduly alarm us. But there was here the additional cause of alarm that the enchanted forest lay so near, and that the little promontory seemed just now inaccessible to human beings. They looked at each other doubtingly, as the knocking was repeated, accompanied by a deep groan, and the knight sprang to reach his sword. But the old man whispered softly: "If it be what I fear, no weapon will help us."

Undine, meanwhile, approached the door, and called out angrily and boldly: "Spirits of the earth, if you wish to carry on your mischief, Kuhleborn shall teach you something better."

The terror of the rest was increased by these mysterious words; they looked fearfully at the girl, and Huldbrand was just regaining courage enough to ask what she meant, when a voice said without: "I am no spirit of the earth, but a spirit indeed still within its earthly body. You within the cottage, if you fear God and will help me, open to me."

At these words, Undine had already opened the door, and had held a lamp out in the stormy night, by which they perceived an aged priest standing there, who stepped back in terror at the unexpected sight of the beautiful maiden. He might well think that witchcraft and magic were at work when such a lovely form appeared at such an humble cottage door; he therefore began to pray: "All good spirits praise the Lord!"

"I am no spectre," said Undine, smiling; "do I then look so ugly? Besides, you may see the holy words do not frighten me. I too know of God, and understand how to praise Him; every one, to be sure, in his own way, for so He has created us. Come in, venerable father; you come among good people."

The holy man entered, bowing and looking round him with a profound yet tender demeanor. But the water was dropping from every fold of his dark garment, and from his long white beard, and from his gray locks. The fisherman and the knight took him to another apartment and furnished him with other clothes, while they gave the women his own wet attire to dry. The aged stranger thanked them humbly and courteously, but he would on no account accept the knight's splendid mantle, which was offered to him, but he chose instead an old gray overcoat belonging to the fisherman. They then returned to the apartment, and the good old dame immediately vacated her easy-chair for the reverend father, and would not rest till he had taken possession of it. "For," said she, "you are old and exhausted, and you are, moreover, a man of God."

Undine pushed under the stranger's feet her little stool, on which she had been wont to sit by the side of Huldbrand, and she showed herself in every way most gentle and kind in her care of the good old man. Huldbrand whispered some raillery at it in her ear, but she replied very seriously: "He is a servant of Him who created us all, holy things are not to be jested with."

The knight and the fisherman then refreshed their reverend guest with food and wine, and when he had somewhat recovered himself, he began to relate how he had the day before set out from his cloister, which lay far beyond the great lake, intending to travel to the bishop, in order to acquaint him with the distress into which the monastery and its tributary villages had fallen on account of the extraordinary floods.

After a long, circuitous route, which these very floods had obliged him to take, he had been this day compelled, toward evening, to procure the aid of a couple of good boatmen to cross an arm of the lake, which had overflowed its banks.

"Scarcely, however," continued he, "had our small craft touched the waves, than that furious tempest burst forth which is now raging over our heads. It seemed as if the waters had only waited for us, to commence their wildest whirling dance with our little boat. The oars were soon torn out of the hands of my men, and were dashed by the force of the waves further and further beyond our reach. We ourselves, yielding to the resistless powers of nature, helplessly drifted over the surging billows of the lake toward your distant shore, which we already saw looming through the mist and foam. Presently our boat turned round, and round as in a giddy whirlpool; I know not whether it was upset, or whether I fell overboard. In a vague terror of inevitable death I drifted on, till a wave cast me here, under the trees on your island."

"Yes, island!" cried the fisherman, "a short time ago it was only a point of land; but now, since the forest-stream and the lake have become well-nigh bewitched, things are quite different with us."

"I remarked something of the sort," said the priest, "as I crept along the shore in the dark, and hearing nothing but the uproar around me, I at last perceived that a beaten foot-path disappeared just in the direction from which the sound proceeded. I now saw the light in your cottage, and ventured hither; and I cannot sufficiently thank my heavenly Father that after preserving me from the waters, He has led me to such good and pious people as you are; and I feel this all the more, as I do not know whether I shall ever behold any other beings is this world, except those I now address."

"What do you mean?" asked the fisherman.

"Do you know then how long this commotion of the elements is to last?" replied the holy man. "And I am old in years. Easily enough may the stream of my life run itself out before the overflowing of the forest-stream may subside. And indeed it were not impossible that more and more of the foaming waters may force their way between you and yonder forest, until you are so far sundered from the rest of the world that your little fishing-boat will no longer be sufficient to carry you across, and the inhabitants of the continent, in the midst of their diversions, will have entirely forgotten you in your old age."

The fisherman's wife started at this, crossed herself, and exclaimed. "God forbid!" But her husband looked at her with a smile, and said: "What creatures we are after all! even were it so, things would not be very different—at least not for you, dear wife—than they now are. For have you, for many years, been further than the edge of the forest, and have you seen any other human beings than Undine and myself? The knight and this holy man have only come to us lately. They will remain with us if we do become a forgotten island, so you would even be a gainer by it after all."

"I don't know," said the old woman, "it is somehow a gloomy thought, when one imagines that one is irrecoverably separated from other people, although, were it otherwise, one might neither know nor see them."

"Then you will remain with us! then you will remain with us!" whispered Undine, in a low, half-singing tone, as she nestled closer to Huldbrand's side. But he was absorbed in the deep and strange visions of his own mind.

The region on the other side of the forest-river seemed to dissolve into distance during the priest's last words; and the blooming island upon which he lived grew more green, and smiled more freshly in his mind's vision. His beloved one glowed as the fairest rose of this little spot of earth, and even of the whole world, and the priest was actually there. Added to this, at that moment an angry glance from the old dame was directed at the beautiful girl, because even in the presence of the reverend father she leaned so closely on the knight, and it seemed as if a torrent of reproving words were on the point of following.

Presently, turning to the priest, Huldbrand broke forth: "Venerable father, you see before you here a pair pledged to each other, and if this maiden and these good old people have no objection, you shall unite us this very evening."

The aged couple were extremely surprised. They had, it is true, hitherto often thought of something of the sort; but they had never yet expressed it, and when the knight now spoke thus, it came upon them as something wholly new and unprecedented.

Undine had become suddenly grave, and looked down thoughtfully while the priest inquired respecting the circumstances of the case, and asked if the old people gave their consent. After much discussion together, the matter was settled; the old dame went to arrange the bridal chamber for the young people, and to look out two consecrated tapers which she had had in her possession for some time, and which she thought essential to the nuptial ceremony. The knight in the meanwhile examined his gold chain, from which he wished to disengage two rings, that he might make an exchange of them with his bride.

She, however, observing what he was doing, started up from her reverie, and exclaimed: "Not so! my parents have not sent me into the world quite destitute; on the contrary, they must have anticipated with certainty that such an evening as this would come."

Thus saving, she quickly left the room, and reappeared in a moment with two costly rings, one of which she gave to her bridegroom, and kept the other for herself. The old fisherman was extremely astonished at this, and still more so his wife, who just then entered; for neither had ever seen these jewels in the child's possession.

"My parents," said Undine, "sewed these little things into the beautiful frock which I had on when I came to you. They forbid me, moreover, to mention them to anyone before my wedding evening, so I secretly took them, and kept them concealed until now."

The priest interrupted all further questionings by lighting the consecrated tapers, which he placed upon a table, and summoned the bridal pair to stand opposite to him. He then gave them to each other with a few short, solemn words; the elder couple gave their blessing to the younger, and the bride, trembling and thoughtful, leaned upon the knight. Then the priest suddenly said: "You are strange people after all. Why did you tell me you were the only people here on the island? And during the whole ceremony, a tall, stately man, in a white mantle, has been looking at me through the window opposite. He must still be standing before the door, to see if you will invite him to come into the house."

"God forbid," said the old dame, with a start; the fisherman shook his head in silence, and Huldbrand sprang to the window. It seemed even to him as if he could still see a white streak, but it soon completely disappeared in the darkness. He convinced the priest that he must have been absolutely mistaken, and they all sat down together round the hearth.

CHAPTER VII WHAT FURTHER HAPPENED ON THE EVENING OF THE WEDDING

Both before and during the ceremony, Undine had shown herself gentle and quiet; but it now seemed as if all the wayward humors which rioted within her burst forth all the more boldly and unrestrainedly. She teased her bridegroom and her foster-parents, and even the holy man whom she had so lately reverenced, with all sorts of childish tricks; and when the old woman was about to reprove her, she was quickly silenced by a few grave words from the knight, speaking of Undine now as his wife.

Nevertheless, the knight himself was equally little pleased with Undine's childish behavior; but no signs and no reproachful words were of any avail. It is true, whenever the bride noticed her husband's dissatisfaction—and this occurred occasionally—she became more quiet, sat down by his side, caressed him, whispered something smilingly into his ear, and smoothed the wrinkles that were gathering on his brow. But immediately afterward, some wild freak would again lead her to return to her ridiculous proceedings, and matters would be worse than before. At length the priest said in a serious and kind tone: "My fair young maiden, no one indeed can look at you without delight; but remember so to attune your soul betimes that it may ever harmonize with that of your wedded husband."

"Soul!" said Undine, laughing; "that sounds pretty enough, and may be a very edifying and useful caution for most people. But when one hasn't a soul at all, I beg you, what is there to attune then? —And that is my case."

The priest was silent and deeply wounded, and with holy displeasure he turned his face from the girl. She, however, went up to him caressingly, and said: "No! listen to me first, before you look angry; for your look of anger gives me pain, and you must not give pain to any creature who has done you no wrong—only have patience with me, and I will tell you properly what I mean."

It was evident that she was preparing herself to explain something in detail; but suddenly she hesitated, as if seized with an inward shuddering, and burst out into a flood of tears. They none of them knew what to make of this ebullition, and filled with various apprehensions, they gazed at her in silence. At length, wiping away her tears, and looking earnestly at the reverend man, she said: "There must be something beautiful, but at the same time extremely awful, about a soul. Tell me, holy sir, were it not better that we never shared such a gift?"

She was silent again, as if waiting for an answer, and her tears had ceased to flow. All in the cottage had risen from their seats, and had stepped back from her with horror. She, however, seemed to have eyes for no one but the holy man; her features wore an expression of fearful curiosity, which appeared terrible to those who saw her. "The soul must be a heavy burden," she continued, as no one answered her, "very heavy! for even its approaching image overshadows me with anxiety and sadness. And, ah! I was so light-hearted and so merry till now!" And she burst into a fresh flood of tears, and covered her face with the drapery she wore.

Then the priest went up to her with a solemn air, and spoke to her, and conjured her by the name of the Most Holy to cast aside the veil that enveloped her, if any spirit of evil possessed her. But she sank on her knees before him, repeating all the sacred words he uttered, praising God, and protesting that she wished well with the whole world.

Then at last the priest said to the knight: "Sir bridegroom, I will leave you alone with her whom I have united to you in marriage. So far as I can discover there is nothing of evil in her, but much indeed that is mysterious. I commend to you—prudence, love, and fidelity." So saying, he went out, and the fisherman and his wife followed him, crossing themselves.

Undine had sunk on her knees. She unveiled her face and said, looking timidly round on Huldbrand: "Alas! you will surely now not keep me as your own; and yet I have done no evil, poor child that I am!" As she said this, she looked so exquisitely graceful and touching, that her bridegroom forgot all the horror he had felt, and all the mystery that clung to her, and hastening to her he raised her in his arms. She smiled through her tears, it was a smile like the morning-light playing on a little stream. "You cannot leave me." she whispered, with confident security, stroking the knight's cheek with her tender hand.

Huldbrand tried to dismiss the fearful thoughts that still lurked in the background of his mind, persuading him that he was married to a fairy or to some malicious and mischievous being of the spirit world; only the single question, half unawares, escaped his lips: "My little Undine, tell me this one thing—what was it you said of spirits of the earth and of Kuhleborn, when the priest knocked at the door?"

"It was nothing but fairy tales! —children's fairy tales!" said Undine, with all her wonted gayety. "I frightened you at first with them, and then you frightened me; that's the end of our story and of our nuptial evening."

"Nay! that it isn't." said the knight, intoxicated with love; and extinguishing the tapers, he bore his beautiful beloved to the bridal chamber, by the light of the moon, which shone brightly through the windows.

CHAPTER VIII

THE DAY AFTER THE WEDDING

The fresh light of the morning awoke the young married pair. Wonderful and horrible dreams had disturbed Huldbrand's rest; he had been haunted by spectres, who, grinning at him by stealth, had tried to disguise themselves as beautiful women, and from beautiful women they all at once assumed the faces of dragons; and when he started up from these hideous visions, the moonlight shone pale and cold into the room. Terrified, he looked at Undine, who still lay in unaltered beauty and grace. Then he would press a light kiss upon her rosy lips, and would fall asleep again, only to be awakened by new terrors. After he had reflected on all this, now that he was fully awake, he reproached himself for any doubt that could have led him into error with regard to his beautiful wife. He begged her to forgive him for the injustice he had done her; but she only held out to him her fair hand, sighed deeply, and remained silent. But a glance of exquisite fervor beamed from her eyes, such as he had never seen before, carrying with it the full assurance that Undine bore him no ill-will. He then rose cheerfully and left her, to join his friends in the common apartment.

He found the three sitting round the hearth, with an air of anxiety about them, as if they dared not venture to speak aloud. The priest seemed to be praying in his inmost spirit that all evil might be averted. When, however, they saw the young husband come forth so cheerfully, the careworn expression of their faces vanished.

The old fisherman even began to jest with the knight, so pleasantly that the aged wife smiled good-humoredly as she listened to them. Undine at length made her appearance. All rose to meet her, and all stood still with surprise, for the young wife seemed so strange to them, and yet the same. The priest was the first to advance toward her, with paternal arms affection beaming in his face; and, as he raised his hand to bless her, the beautiful woman sank reverently on her knees before him. With a few humble and gracious words she begged him to forgive her for any foolish things she might have said the evening before, and entreated him in an agitated tone to pray for the welfare of her soul. She then rose, kissed her foster-parents, and thanking them for all the goodness they had shown her, she exclaimed: "Oh! I now feel in my innermost heart how much, how infinitely much, you have done for me, dear, kind people!" She could not at first desist from her caresses; but scarcely had she perceived that the old woman was busy in preparing breakfast, than she went to the hearth, cooked and arranged the meal, and would not suffer the good old mother to take the least trouble.

She continued thus throughout the whole day, quiet, kind, and attentive—at once a little matron and a tender, bashful girl. The three who had known her longest expected every moment to see some whimsical vagary of her capricious spirit burst forth. But they waited in vain for it. Undine remained as mild and gentle as an angel. The holy father could not take his eyes from her, and he said repeatedly to the bridegroom: "The goodness of Heaven, sir, has intrusted a treasure to you yesterday through me, unworthy as I am; cherish it as you ought, and it will promote your temporal and eternal welfare."

Toward evening Undine was hanging on the knight's arm with humble tenderness, and drew him gently out of the door, where the declining sun was shining pleasantly on the fresh grass, and upon the tall, slender stems of the trees. The eyes of the young wife were moist, as with the dew of sadness and love, and a tender and fearful secret seemed hovering on her lips, which, however, was only disclosed by scarcely audible sighs. She led her husband onward and onward in silence; when he spoke, she only answered him with looks, in which, it is true, there lay no direct reply to his inquiries, but whole heaven of love and timid devotion. Thus they reached the edge of the swollen forest stream, and the knight was astonished to see it rippling along in gentle waves, without a trace of its former wildness and swell. "By the morning it will be quite dry," said the beautiful wife, in a regretful tone, "and you can then travel away wherever you will, without anything to hinder you."

"Not without you, my little Undine," replied the knight, laughing; "remember, even if I wished to desert you, the church, and the spiritual powers, and the emperor, and the empire would interpose and bring the fugitive back again."

"All depends upon you, all depends upon you," whispered his wife, half weeping and half smiling. "I think, however, nevertheless, that you will keep me with you, I love you so heartily. Now carry me across to that little island that lies before us. The matter shall be decided there. I could easily indeed glide through the rippling waves, but it is so restful in your arms; and if you were to cast me off, I shall have sweetly rested in them once more for the last time." Huldbrand, full as he was of strange fear and emotion, knew not what to reply. He took her in his arms and carried her across, remembering now for the first time that this was the same little island from which he had borne her back to the old fisherman on that first night. On the further side he put her down on the soft grass, and was on the point of placing himself lovingly near his beautiful burden, when she said: "No, there opposite to me! I will read my sentence in your eyes, before your lips speak; now, listen attentively to what I will relate to you." And she began: —

"You must know, my loved one, that there are beings in the elements which almost appear like mortals, and which rarely allow themselves to become visible to your race. Wonderful salamanders glitter and sport in the flames; lean and malicious gnomes dwell deep within the earth; spirits, belonging to the air, wander through the forests, and a vast family of water-spirits live in the lakes, and streams, and brooks. In resounding domes of crystal, through which the sky looks in with its sun and stars, these latter spirits find their beautiful abode; lofty trees of coral with blue and crimson fruits gleam in their gardens; they wander over the pure sand of the sea, and among lovely variegated shells, and amid all exquisite treasures of the old world, which the present is no longer worthy to enjoy. All these the floods have covered with their secret veils of silver, and the noble monuments sparkle below, stately and solemn, and bedewed by the loving waters which allure from them many a beautiful moss-flower and entwining cluster of sea-grass. Those, however, who dwell there are very fair and lovely to behold, and for the most part are more beautiful than human beings. Many a fisherman has been so fortunate as to surprise some tender mermaid as she rose above the waters and sang. He would tell afar of her beauty, and such wonderful beings have been given the name of Undines. You, however, are now actually beholding an Undine."

The knight tried to persuade himself that his beautiful wife was under the spell of one of her strange humors, and that she was taking pleasure in teasing him with one of her extravagant inventions. But repeatedly as he said this to himself, he could not believe it for a moment; a strange shudder passed through him;

unable to utter a word, he stared at the beautiful narrator with an immovable gaze. Undine shook her head sorrowfully, drew a deep sigh, and then proceeded as follows: —

"Our condition would be far superior to that of other human beings—for human beings we call ourselves, being similar to them in form and culture—but there is one evil peculiar to us. We, and our like in the other elements, vanish into dust and pass away, body and spirit, so that not a vestige of us remains behind; and when you mortals hereafter awake to a purer life, we remain with the sand and the sparks and the wind and the waves. Hence, we have also no souls; the element moves us; and is often obedient to us while we live, though it scatters us to dust when we die; and we are merry, without having aught to grieve us—merry as the nightingales and the little gold-fishes and other pretty children of nature. But all things aspire to be higher than they are. Thus, my father, who is a powerful water-prince in the Mediterranean Sea, desired that his only daughter should become possessed of a soul, even though she must then endure many of the sufferings of those thus endowed. Such as we are, however, can only obtain a soul by the closest union of affection with one of your human race. I am now possessed of a soul, and my soul thanks you, my inexpressibly beloved one, and it will ever thank you, if you do not make my whole life miserable. For what is to become of me, if you avoid and reject me? Still, I would not retain you by deceit. And if you mean to reject me, do so now, and return alone to the shore. I will dive into this brook, which is my uncle, and here in the forest, far removed from other friends, he passes his strange and solitary life. He is, however, powerful, and is esteemed and beloved by many great streams; and as he brought me hither to the fisherman, a light-hearted, laughing child, he will take me back again to my parents, a loving, suffering, and soul-endowed woman."

She was about to say still more, but Huldbrand embraced her with the most heartfelt emotion and love, and bore her back again to the shore. It was not till he reached it that he swore, amid tears and kisses, never to forsake his sweet wife, calling himself more happy than the Greek Pygmalion, whose beautiful statue received life from Venus and became his loved one. In endearing confidence, Undine walked back to the cottage, leaning on his arm; feeling now for the first time, with all her heart, how little she ought to regret the forsaken crystal palaces of her mysterious father.

CHAPTER IX HOW THE KNIGHT TOOK HIS YOUNG WIFE WITH HIM

When Huldbrand awoke from his sleep on the following morning, and missed his beautiful wife from his side, he began to indulge again in the strange thoughts that his marriage and the charming Undine herself were but fleeting and deceptive illusions. But at the same moment she entered the room, sat down beside him, and said: "I have been out rather early to see if my uncle keeps his word. He has already led all the waters back again into his own calm channel, and he now flows through the forest, solitarily and dreamily as before. His friends in the water and the air have also returned to repose; all will again go on quietly and regularly, and you can travel homeward when you will, dry-shod."

It seemed to Huldbrand as though he were in a waking dream,

so little could he reconcile himself to the strange relationship of his wife. Nevertheless he made no remark on the matter, and the exquisite grace of his bride soon lulled to rest every uneasy misgiving. When he was afterward standing before the door with her, and looking over the green peninsula with its boundary of clear waters, he felt so happy in this cradle of his love, that he exclaimed: "Why shall we travel so soon as to-day? We shall scarcely find more pleasant days in the world yonder than those we have spent in this quiet little shelter. Let us yet see the sun go down here twice or thrice more."

"As my lord wills." replied Undine, humbly. "It is only that the old people will, at all events, part from me with pain; and when they now for the first time perceive the true soul within me, and how I can now heartily love and honor, their feeble eyes will be dimmed with plentiful tears. At present they consider my quietness and gentleness of no better promise than before, like the calmness of the lake when the air is still; and, as matters now are, they will soon learn to cherish a flower or a tree as they have cherished me. Do not, therefore, let me reveal to them this newly-bestowed and loving heart, just at the moment when they must lose it for this world; and how could I conceal it, if we remain longer together?"

Huldbrand conceded the point; he went to the aged people and talked with them over the journey which he proposed to undertake immediately. The holy father offered to accompany the young married pair; and, after a hasty farewell, he and the knight assisted the beautiful bride to mount her horse, and walked with rapid step by her side over the dry channel of the forest-stream into the wood beyond. Undine wept silently but bitterly, and the old people gave loud expression to their grief. It seemed as if they had a presentiment of all they were now losing in their foster-child.

The three travellers had reached in silence the densest shades of the forest. It must have been a fair sight, under that green canopy of leaves, to see Undine's lovely form, as she sat on her noble and richly ornamented steed, with the venerable priest in the white garb of his order on one side of her, and on the other the blooming young knight in his gay and splendid attire, with his sword at his girdle. Huldbrand had no eyes but for his beautiful wife. Undine, who had dried her tears, had no eyes but for him, and they soon fell into a mute, voiceless converse of glance and gesture, from which they were only roused at length by the low talking of the reverend father with a fourth traveller, who in the mean while had joined them unobserved.

He wore a white garment almost resembling the dress of the priest's order, except that his hood hung low over his face, and his whole attire floated round him in such vast folds that he was obliged every moment to gather it up, and throw it over his arm, or dispose of it in some way, and yet it did not in the least seem to impede his movements. When the young couple first perceived him, he was just saying: "And so, venerable sir. I have now dwelt for many years here in the forest, and yet no one could call me a hermit, in your sense of the word. For, as I said, I know nothing of penance, and I do not think I have any especial need of it. I lose the forest only for this reason that its beauty is quite peculiar to itself, and it amuses me to pass along in my flowing white garments among the eases and dusky shadows, while now and then a sweet sunbeam shines down unexpectedly upon me."

"You are a very strange man," replied the priest, "and I should like to be more closely acquainted with you."

"And to pass from one thing to another, who may you be yourself?" asked the stranger.

"I am called Father Heilmann," said the holy man, "and I come from the monastery of 'our Lady' which lies on the other side of the lake."

"Indeed," replied the stranger, "my name is Kühleborn, and so far as courtesy is concerned, I might claim the title of Lord of Kühleborn, or free Lord of Kühleborn; for I am as free as the birds in the forest, and perhaps a little more so. For example, I have now something to say to the young lady there." And before they were aware of his intention, he was at the other side of the priest, close beside Undine, stretching himself up to whisper something in her ear.

But she turned from him with alarm, and exclaimed: "I have nothing more to do with you."

"Ho, ho," laughed the stranger, "what is this immensely grand marriage you have made, that you don't know your own relations any longer? Have you forgotten your uncle Kühleborn, who so faithfully bore you on his back through this region?"

"I beg you, nevertheless," replied Undine, "not to appear in my presence again. I am now afraid of you; and suppose my husband should learn to avoid me when he sees me in such strange company and with such relations!"

"My little niece," said Kühleborn, "you must not forget that I am with you here as a guide; the spirits of earth that haunt this place might otherwise play some of their stupid pranks with you. Let me therefore go quietly on with you; the old priest there remembered me better than you appear to have done, for he assured me just now that I seemed familiar to him, and that I must have been with him in the boat, out of which he fell into the water. I was so, truly enough; for I was the water-spout that carried him out of it and washed him safely ashore for your wedding."

Undine and the knight turned toward Father Heilmann; but he seemed walking on, as in a sort of dream, and no longer to be conscious of all that was passing. Undine then said to Kühleborn: "I see yonder the end of the forest. We no longer need your help, and nothing causes us alarm but yourself. I beg you, therefore, in all love and good-will, vanish, and let us proceed in peace."

Kühleborn seemed to become angry at this; his countenance assumed a frightful expression, and he grinned fiercely at Undine, who screamed aloud and called upon her husband for assistance. As quick as lightning, the knight sprang to the other side of the horse, and aimed his sharp sword at Kühleborn's head. But the sword cut through a waterfall, which was rushing down near them from a lofty crag; and with a splash, which almost sounded like a burst of laughter, it poured over them and wet them through to the skin.

The priest, as if suddenly awaking, exclaimed: "I have long been expecting that, for the stream ran down from the height so close to us. At first it really seemed to me like a man, and as if it could speak."

As the waterfall came rushing down, it distinctly uttered these words in Huldbrand's ear: —

Rash knight,
Brave knight,
Rage feel I not,
Chide will I not.
But ever guard thy little wife as well,
Rash knight, brave knight! Protect her well!

A few footsteps more, and they were upon open ground. The imperial city lay bright before them; and the evening sun, which gilded its towers, kindly dried the garments of the drenched wanderers.

CHAPTER X HOW THEY LIVED IN THE CITY

The sudden disappearance of the young knight, Huldbrand von Ringstetten, from the imperial city had caused great sensation and solicitude among those who had admired him both for his skill in the tournament and the dance, and no less so for his gentle and agreeable manners. His servants would not quit the place without their master, although not one of them would have had the courage to go in quest of him into the shadowy recesses of the forest. They therefore remained in their quarters, inactively hoping, as men are wont to do, and keeping alive the remembrance of their lost lord by their lamentations. When, soon after, the violent storms and floods were observed, the less doubt was entertained as to the certain destruction of the handsome stranger; and Bertalda openly mourned for him, and blamed herself for having allured the unfortunate knight into the forest. Her foster-parents, the duke and duchess, had come to fetch her away; but Bertalda entreated them to remain with her until certain intelligence had been obtained of Huldbrand's fate. She endeavored to prevail upon several young knights, who were eagerly courting her, to follow the noble adventurer to the forest. But she would not pledge her hand as a reward of the enterprise, because she always cherished the hope of belonging to the returning knight; and no glove nor riband, nor even kiss, would tempt any one to expose his life for the sake of bringing back such a dangerous rival.

When Huldbrand now suddenly and unexpectedly appeared, his servants and the inhabitants of the city and almost every one rejoiced. Bertalda alone refused to do so; for, agreeable as it was to the others that he should bring with him such a beautiful bride, and Father Heilmann as a witness of the marriage, Bertalda could feel nothing but grief and vexation. In the first place, she had really loved the young knight with all her heart; and in the next, her sorrow at his absence had proclaimed this far more before the eyes of all than was now befitting. She still, however, conducted herself as a wise maiden, reconciled herself to circumstances, and lived on the most friendly terms with Undine, who was looked upon throughout the city as a princess whom Huldbrand had rescued in the forest from some evil enchantment. When she or her husband were questioned on the matter, they were wise enough to be silent or skilfully to evade the inquiries. Father Heilmann's lips were sealed to idle gossip of any kind; and, moreover, immediately after Huldbrand's arrival, he had returned to his monastery; so that people were obliged to be satisfied with their own strange conjectures, and even Bertalda herself knew no more of the truth than others.

Day by day, Undine felt her affection increase for the fair maiden. "We must have known each other before," she often used to say to her, "or else there must be some mysterious connection between us, for one does not love another as dearly as I have loved you from the first moment of our meeting without some cause—some deep and secret cause." And

Bertalda also could not deny the fact that she felt drawn to Undine with a tender feeling of confidence, however much she might consider that she had cause for the bitterest lamentation at this successful rival. Biassed by this mutual affection, they both persuaded, the one her foster-parents, the other her husband, to postpone the day of departure from time to time; indeed, it was even proposed that Bertalda should accompany Undine for a time to Castle Ringstetten, near the source of the Danube.

They were talking over this plan one beautiful evening, as they were walking by starlight in the large square of the Imperial city, under the tall trees that enclosed it. The young married pair had invited Bertalda to join them in their evening walk, and all three were strolling up and down under the dark-blue sky, often interrupting their familiar talk to admire the magnificent fountain in the middle of the square, as its waters rushed and bubbled forth with wonderful beauty. It had a soothing, happy influence upon them. Between the shadows of the trees there stole glimmerings of light from the adjacent houses; a low murmur of children at play, and of others enjoying their walk, floated around them; they were so alone, and yet in the midst of the bright and living world, whatever had appeared difficult by day, now became smooth as of itself, and the three friends could no longer understand why the slightest hesitation had existed with regard to Bertalda's visit to Ringstetten. Presently, just as they were on the point of fixing the day for their common departure, a tall man approached them from the middle of the square, bowed respectfully to the company, and said something in the ear of the young wife. Displeased as she was at the interruption and its cause, she stepped a little aside with the stranger, and both began to whisper together, as it seemed in a foreign tongue. Huldbrand fancied he knew the strange man, and he stared so fixedly at him that he neither heard nor answered Bertalda's astonished inquiries.

All at once, Undine, clapping her hands joyfully and laughing, quitted the stranger's side, who, shaking his head, retired hastily and discontentedly, and vanished in the fountain. Huldbrand now felt certain on the point, but Bertalda asked: "And what did the master of the fountain want with you, dear Undine?"

The young wife laughed within herself, and replied: "The day after to-morrow, my dear child, on the anniversary of your name-day, you shall know it." And nothing more would she disclose. She invited Bertalda, and sent an invitation to her foster-parents, to dine with them on the appointed day, and soon after they parted.

"Kühleborn? Was it Kühleborn?" said Huldbrand, with a secret shudder, to his beautiful bride, when they had taken leave of Bertalda, and were now going home through the darkening streets.

"Yes, it was he," replied Undine, "and he was going to say all sorts of nonsensical things to me; but in the midst, quite contrary to his intention, he delighted me with a most welcome piece of news. If you wish to hear it at once, my dear lord and husband, you have but to command, and I will tell it you without reserve; but if you would confer a real pleasure on your Undine, you will wait till the day after to-morrow, and you will then have your share too in the surprise."

The knight gladly complied with his wife's desire, which had been urged so sweetly; and, as she fell asleep, she murmured smilingly to herself: "Dear, dear Bertalda! How she will rejoice and be astonished at what her master of the fountain told me!"

CHAPTER XI THE ANNIVERSARY OF BERTALDA'S NAME-DAY

The company were sitting at dinner; Bertalda, looking like some goddess of spring with her flowers and jewels, the presents of her foster-parents and friends, was placed between Undine and Huldbrand. When the rich repast was ended, and the last course had appeared, the doors were left open, according to a good old German custom, that the common people might look on, and take part in the festivity of the nobles. Servants were carrying round cake and wine among the spectators. Huldbrand and Bertalda were waiting with secret impatience for the promised explanation, and sat with their eyes fixed steadily on Undine. But the beautiful wife still continued silent, and only kept smiling to herself with secret and hearty satisfaction. All who knew of the promise she had given, could see that she was every moment on the point of betraying her happy secret, and that it was with a sort of longing renunciation that she withheld it, just as children sometimes delay the enjoyment of their choicest morsels. Bertalda and Huldbrand shared this delightful feeling, and expected with fearful hope the tidings which were to fall from the lips of Undine. Several of the company pressed Undine to sing. The request seemed opportune, and ordering her lute to be brought, she sang the following words: —

Bright opening day,
Wild flowers so gay,
Tall grasses their thirst that slake
On the banks of the billowy lake!

What glimmers there so shining
The reedy growth entwining?
Is it a blossom white as snow
Fallen from heaven here below?

It is an infant, frail and dear!
With flowerets playing in its dreams,

And grasping morning's golden beams;
Oh! whence, sweet stranger, art thou here?

From some far-off and unknown strand
The lake has borne thee to this land.

Nay, grasp not, tender little one,
With thy tiny hand outspread;
No hand will meet thy touch with love,
Mute is that flowery bed.

The flowers can deck themselves so fair
And breathe forth fragrance blest,
Yet none can press thee to itself
Like that far-off mother's breast.

So early at the gate of life,
With smiles of heaven on thy brow,
Thou hast the best of treasures lost,
Poor wandering child, nor know'st it now.

A noble duke comes riding by,
And near thee checks his courser's speed,
And, full of ardent chivalry,
He bears thee home upon his steed.

Much, endless much, has been thy gain!
Thou bloom'st the fairest in the land!
Yet, ah! the priceless joy of all
Thou'st left upon an unknown strand.

Undine dropped her lute with a melancholy smile, and the eyes of Bertalda's foster-parents were filled with tears. "Yes, so it was on the morning that I found you, my poor sweet orphan." said the duke, deeply agitated. "The beautiful singer is certainly right; we have not been able to give you that 'priceless joy of all'."

"But we must also hear how it fared with the poor parents." said Undine, as she resumed her lute and sang: —

Thro' every chamber roams the mother,
Moves and searches everywhere,

Seeks, she scarce knows what, with sadness,
And finds an empty house is there.

An empty house! Oh! word of sorrow,
To her who once had been so blest,
Who led her child about by day,
And cradled it at night to rest.

The beech is growing green again,
The sunshine gilds its wonted spot,
But, mother, cease thy searching, vain!
Thy little loved one cometh not.

And when the breath of eve blows cool,
And father in his home appears,
The smile he almost tries to wear
Is quenched at once by gushing tears.

Full well he knows that in his home
He naught can find but wild despair;
He hears the mother's grieved lament,

And no bright infant greets him there.

"Oh! for God's sake, Undine, where are my parents?" cried the weeping Bertalda, "you surely know; you have discovered them, you wonderful being, for otherwise you would not have thus torn my heart. Are they perhaps already here? Can it be?" Her eye passed quickly over the brilliant company, and lingered on a lady of high rank who was sitting next her foster-father. Undine, however, turned toward the door, while her eyes overflowed with the sweetest emotion.

"Where are the poor waiting parents?" she inquired, and the old fisherman and his wife advanced hesitatingly from the crowd of spectators. Their glance rested inquiringly now on Undine, now on the beautiful girl who was said to be their daughter. "It is she." said the delighted benefactress, in a faltering tone; and the two old people hung round the neck of their recovered child, weeping and praising God.

But, amazed and indignant, Bertalda tore herself from their embrace. Such a recognition was too much for this proud mind, at a moment when she had surely imagined that her former splendor would even be increased, and when hope was deluding her with a vision of almost royal honors. It seemed to her as if her rival had devised all this on purpose signally to humble her before Huldbrand and the whole world. She reviled Undine, she reviled the old people; and bitter invectives such as "deceiver" and "bribed impostors" fell from her lips. Then the old fisherman's wife said in a low voice to herself: "Ah me, she is become a wicked girl; and yet I feel in my heart that she is my child."

The old fisherman, however, had folded his hands, and was praying silently that this might not be his daughter. Undine, pale as death turned with agitation from the parents to Bertalda, and from Bertalda to the parents; suddenly cast down from that heaven of happiness of which she had dreamed, and overwhelmed with a fear and a terror such as she had never known even in imagination. "Have you a soul? Have you really a soul, Bertalda?" she cried again and again to her angry friend, as if forcibly to rouse her to consciousness from some sudden delirium or maddening nightmare. But when Bertalda only became more and more enraged, when the repulsed parents began to weep aloud, and the company, in eager dispute, were taking different sides, she begged in such a dignified and serious manner to be allowed to speak in this her husband's hall, that all around were in a moment silenced. She then advanced to the upper end of the table, where Bertalda has seated herself, and with a modest and yet proud air, while every eye was fixed upon her, she spoke as follows: —

"My friends, you look so angry and disturbed, and you have interrupted my happy feast by your disputings. Ah! I knew nothing of your foolish habits and your heartless mode of thinking, and I shall never all my life long become accustomed to them. It is not my fault that this affair has resulted in evil; believe me, the fault is with yourselves alone, little as it may appear to you to be so. I have therefore but little to say to you; but one thing I must say: I have spoken nothing but truth. I neither can nor will give you proofs beyond my own assertion, but I will swear to the truth of this. I received this information from the very person who allured Bertalda into the water, away from her parents, and who afterward placed her on the green meadow in the duke's path."

"She is an enchantress!" cried Bertalda, "a witch who has intercourse with evil spirits. She acknowledges it herself."

"I do not," said Undine, with a whole heaven innocence and

confidence beaming in her eyes. "I am no witch, only look at me!"

"She is false and boastful," interrupted Bertalda, "and she cannot prove that I am the child of these low people. My noble parents, I beg you to take me from this company, and out of this city, where they are only bent on insulting me."

But the aged and honorable duke remained unmoved, and his wife said: "We must thoroughly examine how we are to act. God forbid that we should move a step from this hall until we have done so."

Then the old wife of the fisherman drew near, and making a low reverence to the duchess, she said: "Noble, God-fearing lady, you have opened my heart. I must tell you, if this evil-disposed young lady is my daughter, she has a mark, like a violet, between her shoulders, and another like it on the instep of her left foot. If she would only go out of the hall with me!"

"I shall not uncover myself before the peasant woman!" exclaimed Bertalda, proudly turning her back on her.

"But before me you will." rejoined the duchess, very gravely. "Follow me into that room, girl, and the good old woman shall come with us."

The three disappeared, and the rest of the company remained where they were, in silent expectation. After a short time they returned, Bertalda was pale as death.

"Right is right." Said the duchess, "I must therefore declare that our hostess has spoken perfect truth. Bertalda is the fisherman's daughter, and that is as much as it is necessary to inform you here."

The princely pair left with their adopted daughter; and at a sign from the duke, the fisherman and his wife followed them. The other guests retired in silence, or with secret murmurs, and Undine sank weeping into Huldbrand's arms.

CHAPTER XII HOW THEY DEPARTED FROM THE IMPERIAL CITY

The lord of Ringstetten would have certainly preferred the events of this day to have been different; but even as they were, he could scarcely regret them wholly, as they had exhibited his charming wife under such a good and sweet and kindly aspect. "If I have given her a soul," he could not help saying to himself, "I have indeed given her a better one than my own." And his only thought now was to speak soothingly to the weeping Undine, and on the following morning to quit with her a place which, after this incident, must have become distasteful to her. It is true that she was not estimated differently to what she had been. As something mysterious had long been expected of her, the strange discovery of Bertalda's origin had caused no great surprise; and every one who had heard the story and had seen

Bertalda's violent behavior was disgusted with her alone. Of this, however, the knight and his lady knew nothing as yet; and, besides, the condemnation or approval of the public was equally painful to Undine; and thus there was no better course to pursue than to leave the walls of the old city behind them with all the speed possible.

With the earliest beams of morning, a pretty carriage drove up to the entrance gate for Undine; the horses which Huldbrand and his squires were to ride stood near, pawing the ground with impatient eagerness. The knight was leading his beautiful wife from the door, when a fisher-girl crossed their way. "We do not need your fish," said Huldbrand to her, "we are now starting on our journey."

Upon this the fisher-girl began to weep bitterly, and the young couple perceived for the first time that it was Bertalda. They immediately returned with her to their apartment, and learned from her that the duke and duchess were so displeased at her violent and unfeeling conduct on the preceding way, that they had entirely withdrawn their protection from her, though not without giving her a rich portion.

The fisherman, too, had been handsomely rewarded, and had

the evening before set out with his wife to return to their secluded home.

"I would have gone with them," she continued, "but the old fisherman who is said to be my father—"

"And he is so indeed, Bertalda." interrupted Undine. "Look here, the stranger, whom you took for the master of the fountain, told me the whole story in detail. He wished to dissuade me from taking you with me to Castle Ringstetten; and this led him to disclose the secret."

"Well, then," said Bertalda, "if it must be so, my father said: 'I will not take you with me until you are changed. Venture to come to us alone through the haunted forest; that shall be the proof whether you have any regard for us. But do not come to me as a lady; come only as a fisher-girl.' So I will do just as he has told me, for I am forsaken by the whole world, and I will live and die in solitude as a poor fisher-girl with my poor parents. I have a terrible dread, though of the forest. Horrible spectres are said to dwell in it, and I am so fearful. But how can I help it? I only came here to implore pardon of the noble lady of Ringstetten for my unbecoming behavior yesterday. I feel sure, sweet lady, you meant to do me a kindness; but you knew not how you would wound me, and in my agony and surprise many a rash and frantic expression passed my lips. Oh! forgive, forgive! I am already so unhappy. Only think yourself what I was yesterday morning, yesterday at the beginning of your banquet, and what I am now!"

Her voice became stifled with a passionate flood of tears, and Undine, also weeping bitterly, fell on her neck. It was some time before the deeply agitated Undine could utter a word; at length she said: —

"You can go with us to Ringstetten, everything shall remain as it was arranged before, only do not speak to me again as 'noble lady'. You see, we were exchanged for each other as children. Our faces even then sprang, as it were, from the same stem; and we will now so strengthen this kindred destiny that no human power shall be able to separate it. Only first of all come with us to Ringstetten. We will discuss there how we shall share all things as sisters."

Bertalda looked timidly toward Huldbrand. He pitied the beautiful girl in her distress, and offering her his hand, he begged her tenderly to intrust herself with him and his wife. "We will send a message to your parents," he continued, "to tell them why you are not come." and he would have added more with regard to the worthy fisherman and his wife, but he saw that Bertalda shrunk with pain from the mention of their name, and he therefore refrained from saying more.

He then assisted her first into the carriage; Undine followed her; and he mounted his horse and trotted merrily by the side of them, urging the driver at the same time to hasten his speed, so that very soon they were beyond the confines of the imperial city and all its sad remembrances; and now the ladies began to enjoy the beautiful country through which their road lay.

After a journey of some days, they arrived one exquisite evening at Castle Ringstetten. The young knight had much to hear from his overseers and vassals, so that Undine and Bertalda were left alone.

They both repaired to the ramparts of the fortress, and were delighted with the beautiful landscape which spread far and wide through fertile Swabia.

Presently a tall man approached them, greeting them respectfully; and Bertalda fancied she saw a resemblance to the master of the fountain in the imperial city. Still more unmistakable grew the likeness, when Undine angrily, and almost threateningly waved him off; and he retreated with hasty steps and shaking head, as he had done before, and disappeared into a neighboring copse. Undine, however, said: "Don't be afraid, dear Bertalda, this time the hateful master of the fountain shall do you no harm." And then she told her the whole story in detail, and who she was herself, and how Bertalda had been taken away from the fisherman and his wife, and Undine had gone to them. The girl was at first terrified with this relation, she imagined her friend must be seized with sudden madness; but she became more convinced that all was true, for Undine's story was so connected, and fitted so well with former occurrences, and still more she had that inward feeling with which truth never fails to make itself known to us. It seemed strange to her that she was now herself living, as it were, in the midst of one of those fairy tales to which she had formerly only listened.

She gazed upon Undine with reverence; but she could not resist a sense of dread that seemed to come between her and her friend, and at their evening repast she could but wonder how the knight could behave so lovingly and kindly toward a being who appeared to her, since the discovery she had just made, more of a phantom than a human being.

CHAPTER XIII HOW THEY LIVED AT CASTLE RINGSTETTEN

The writer of this story, both because it moves his own heart, and because he wishes it to move that of others, begs you, dear reader, to pardon him if he now briefly passes over a considerable space of time, only cursorily mentioning the events that marked it. He knows well that he might portray skilfully, step by step, how Huldbrand's heart began to turn from Undine to Bertalda; how Bertalda more and more responded with ardent affection to the young knight, and how they both looked upon the poor wife as a mysterious being rather to be feared than pitied; how Undine wept, and how her tears stung the knight's heart with remorse, without awakening his former love, so that though he at times was kind and endearing to her, a cold shudder would soon draw him from her, and he would turn to his fellow-mortal, Bertalda. All this the writer knows might be fully detailed, and perhaps ought to have been so; but such a task would have been too painful, for similar things have been known to him by sad experience, and he shrinks from their shadow even in remembrance. You know probably a like feeling, dear reader, for such is the lot of mortal man. Happy are you if you have received rather than inflicted the pain; for in such things it is more blessed to receive than to give. If it be so, such recollections will only bring a feeling of sorrow to your mind, and perhaps a tear will trickle down your cheek over the faded flowers that once caused you such delight. But let that be enough. We will not pierce our hearts with a thousand separate things, but only briefly state, as I have just said, how matters were.

Poor Undine was very sad, and the other two were not to be called happy. Bertalda especially thought that she could trace the effect of jealousy on the part of the injured wife whenever her wishes were in any way thwarted by her. She had therefore habituated herself to an imperious demeanor, to which Undine yielded in sorrowful submission; and the now blinded Huldbrand usually encouraged this arrogant behavior in the strongest manner. But the circumstance that most of all disturbed the inmates of the castle, was a variety of wonderful apparitions which met Huldbrand and Bertalda in the vaulted galleries of the castle, and which had never been heard of before as haunting the locality. The tall white man, in whom Huldbrand recognized only too plainly uncle Kühleborn, and Bertalda the spectral master of the fountain, often passed before them with a threatening aspect, and especially before Bertalda; so much so, that she had already several times been made ill with terror, and had frequently thought of quitting the castle. But still she stayed there, partly because Huldbrand was so dear to her, and she relied on her innocence, no words of love having ever passed between them, and partly also because she knew not whither to direct her steps. The old fisherman, on receiving the message from the lord of Ringstetten that Bertalda was his guest, had written a few lines in an almost illegible hand, but as good as his advanced age and long dis-would admit of.

"I have now become," he wrote, "a poor old widower, for my dear and faithful wife is dead. However lonely I now sit in my cottage, Bertalda is better with you than with me. Only let her do nothing to harm my beloved Undine. She will have my curse if it be so." The last words of this letter, Bertalda flung to the winds, but she carefully retained the part respecting her absence from her father—just as we are all wont to do in similar circumstances.

One day, when Huldbrand had just ridden out, Undine summoned together the domestics of the family, and ordered them to bring a large stone, and carefully to cover with it the magnificent fountain which stood in the middle of the castle-yard. The servants objected that it would oblige them to bring water from the valley below. Undine smiled sadly, "I am sorry, my people," she replied, "to increase your work. I would rather myself fetch up the pitchers, but this fountain must be closed. Believe me that it cannot be otherwise, and that it is only by so doing that we can avoid a greater evil."

The whole household were glad to be able to please their gentle mistress; they made no further inquiry, but seized the enormous stone. They were just raising it in their hands, and were already poising it over the fountain, when Bertalda came running up, and called out to them to stop, as it was from this fountain that the water was brought which was so good for her complexion, and she would never consent to its being closed. Undine, however, although gentle as usual, was more than usually firm.

She told Bertalda that it was her due as mistress of the house, to arrange her household as she thought best, and that, in this, she was accountable to no one but her lord and husband.

"See, oh, pray see!" exclaimed Bertalda, in an angry, yet uneasy tone, "how the poor, beautiful water is curling and writhing at being shut out from the bright sunshine and from the cheerful sight of the human face, for whose mirror it was created!"

The water in the fountain was indeed wonderfully agitated and hissing; it seemed as if something within were struggling to free itself, but Undine only the more earnestly urged the fulfilment of her orders. The earnestness was scarcely needed. The servants of the castle were as happy in obeying their gentle mistress as in opposing Bertalda's haughty defiance; and, in spite of all the rude scolding and threatening of the latter, the stone was soon firmly lying over the opening of the fountain. Undine leaned thoughtfully over it, and wrote with her beautiful fingers on its surface. She must, however, have had something very sharp and cutting in her hand, for when she turned away, and the servants drew near to examine the stone, they perceived various strange characters upon it, which none of them had seen there before.

Bertalda received the knight, on his return home in the evening, with tears and complaints of Undine's conduct. He cast a serious look at his poor wife, and she looked down as if distressed. Yet she said, with great composure: "My lord and husband does not reprove even a bondslave without a hearing; how much less, then, his wedded wife?"

"Speak," said the knight, with a gloomy countenance, "what induced you to act so strangely?"

"I should like to tell you when we are quite alone." sighed Undine.

"You can tell me just as well in Bertalda's presence." was the rejoinder.

"Yes, if you command me," said Undine, "but command it not! Oh, pray, pray, command it not!"

She looked so humble, so sweet and obedient, that the knight's heart felt a passing gleam from better times. He kindly placed her arm within his own, and led her to his apartment, when she began to speak as follows: —

"You already know, my beloved lord, something of my evil uncle, Kühleborn, and you have frequently been displeased at meeting him in the galleries of this castle. He has several times frightened Bertalda into illness. This is because he is devoid of soul—a mere elemental mirror of the outward world, without the power of reflecting the world within. He sees, too, sometimes that you are dissatisfied with me, that I, in my childishness, am weeping at this, and that Bertalda perhaps is at the very moment laughing. Hence, he imagines various discrepancies in our home life, and in many ways mixes unbidden with our circle. What is the good of reproving him? What is the use of sending him angrily away? He does not believe a word I say. His poor nature has no idea that the joys and sorrows of love have so sweet a resemblance and are so closely linked that no power can separate them. Amid tears a smile shines forth, and a smile allures tears from their secret chambers."

She looked up at Huldbrand, smiling and weeping, and he again experienced within his heart all the charm of his old love. She felt this; and, pressing him more tenderly to her, she continued, amid tears of joy: —

"As the disturber of our peace was not to be dismissed with words, I have been obliged to shut the door upon him, and the only door by which he obtains access to us is that fountain. He is cut off by the adjacent valleys from the other water-spirits in the neighborhood, and his kingdom only commences further off on the Danube, into which some of his good friends direct their course. For this reason I had the stone placed over the opening of the fountain; and I inscribed characters upon it which cripple all my uncle's power, so that he can now neither intrude upon you nor upon me nor upon Bertalda. Human beings, it is true, can raise the stone again with ordinary effort, in spite of the characters inscribed on it. The inscription does not hinder them. If you wish, therefore, follow Bertalda's desire; but, truly, she knows not what she asks. The rude Kuhleborn has set his mark especially upon her; and if much came to pass which he has predicted to me, and which might, indeed, happen without your meaning any evil, ah, dear one, even you would then be exposed to danger!"

Huldbrand felt deeply the generosity of his sweet wife, in her eagerness to shut up her formidable protector, while she had even been chided for it by Bertalda. He pressed her in his arms with the utmost affection, and said, with emotion: "The stone shall remain, and all shall remain, now and ever, as you wish to have it, my sweet Undine."

She caressed him with humble delight, as she heard the expressions of love so long withheld; and then at length she said: "My dearest husband, you are so gentle and kind to-day, may I venture to ask a favor of you? See, now, it is just the same with you as it is with summer. In the height of its glory, summer puts on the flaming and thundering crown of mighty storms, and assumes the air of a king over the earth. You, too, sometimes, let your fury rise, and your eyes flash and your voice is angry; and this becomes you well, though I, in my folly, may sometimes weep at it. But never, I pray you, behave thus toward me on the water, or even when we are near it. You see, my relatives would then acquire a right over me. They would unrelentingly tear me from you in their rage; because they would imagine that one of their race was injured, and I should be compelled all my life to dwell below in the crystal palaces, and should never dare to ascend to you again; or they would send me up to you—and that, Oh God, would be infinitely worse. No, no, my beloved husband, do not let it come to that, if your poor Undine is dear to you."

He promised solemnly to do as she desired; and they both returned from the apartment, full of happiness and affection. At that moment Bertalda appeared with some workmen, to whom she had already given orders, and said in a sullen tone, which she had assumed of late: "I suppose the secret conference is at an end, and now the stone may be removed. Go out, workmen, and attend to it."

But the knight, angry at her impertinence, desired in short and very decisive words, that the stone should be left; he reproved Bertalda, too, for her violence toward his wife. Whereupon, the workmen withdrew, smiling with secret satisfaction; while Bertalda, pale with rage, hurried away to her room.

The hour for the evening repast arrived, and Bertalda they waited for in vain. They sent after her, but the domestic found her apartments empty, and only brought back with him a sealed letter addressed to the knight. He opened it with alarm, and read: "I feel with shame that I am only a poor fisher-girl. I will expiate my fault in having forgotten this for a moment by going to the miserable cottage of my parents. Farewell to you and your beautiful wife."

Undine was heartily distressed. She earnestly entreated Huldbrand to hasten after their friend and bring her back again. Alas! she had no need to urge him. His affection for Bertalda burst forth again with vehemence. He hurried round the castle, inquiring if any one had seen which way the fugitive had gone. He could learn nothing of her, and he was already on his horse in the castle-yard, resolved at a venture to take the road by which he had brought Bertalda hither. Just then a page appeared, who assured him that he had met the lady on the path to the Black Valley. Like an arrow the knight sprang through the gateway in the direction indicated, without hearing Undine's voice of agony as she called to him from the window: —

"To the Black Valley! Oh, not there! Huldbrand, don't go there! or, for heaven's sake, take me with you!" But when she perceived that all her calling was in vain, she ordered her white palfrey to be immediately saddled, and rode after the knight, without allowing any servant to accompany her.

CHAPTER XIV HOW BERTALDA RETURNED HOME WITH THE KNIGHT

The Black Valley lies deep within the mountains. What it is now called we do not know. At that time the people of the country gave it this appellation on account of the deep obscurity in which the low land lay, owing to the shadows of the lofty trees, and especially firs, that grew there. Even the brook which bubbled between the rocks wore the same dark hue, and dashed along with none of that gladness with which streams are wont to flow that have the blue sky immediately above them. Now, in the growing twilight of evening, it looked wild and gloomy between the heights. The knight trotted anxiously along the edge of the brook, fearful at one moment that by delay he might allow the fugitive to advance too far, and at the next that by too great rapidity he might overlook her in case she were concealing herself from him. Meanwhile, he had already penetrated tolerably far into the valley, and might soon hope to overtake the maiden if he were on the right track. The fear that this might not be the case made his heart beat with anxiety. Where would the tender Bertalda tarry through the stormy night, which was so fearful in the valley, should he fail to find her? At length he saw something white gleaming through the branches on the slope of the mountain. He thought he recognized Bertalda's dress, and he turned his course in that direction. But his horse refused to go forward, it reared impatiently; and its master unwilling to lose a moment, and seeing, moreover, that the copse was impassable on horseback, dismounted, and, fastening his snorting steed to an elm-tree, he worked his way cautiously through the bushes. The branches sprinkled his forehead and cheeks with the cold drops of the evening dew; a distant roll of thunder was heard murmuring from the other side of the mountains; everything looked so strange that he began to feel a dread of the white figure, which now lay only a short distance from him on the ground. Still he could plainly see that it was a female, either asleep or in a swoon, and that she was attired in long white garments, such as Bertalda had worn on that day. He stepped close up to her, made a rustling with the branches, and let his sword clatter, but she moved not. "Bertalda!" he exclaimed, at first in a low voice, and then louder and louder. Still she heard not. At last, when he uttered the dear name with a more powerful effort, a hollow echo from the mountain-caverns of the valley indistinctly reverberated "Bertalda!" But still the sleeper woke not. He bent down over her, the gloom of the valley and the obscurity of approaching night would not allow him to distinguish her features.

Just as he was stooping closer over her with a feeling of painful doubt, a flash of lightning shot across the valley, and he saw before him a frightfully distorted countenance, and a hollow voice exclaimed: "Give me a kiss, you enamoured swain!"

Huldbrand sprang up with a cry of horror, and the hideous figure rose with him. "Go home!" it murmured, "wizards are on the watch. Go home, or I will have you!" and it stretched out its long white arms toward him.

"Malicious Kuhleborn!" cried the knight, recovering himself, "What do you concern me, you goblin? There, take your kiss!" And he furiously hurled his sword at the figure. But it vanished like vapor, and a gush of water which wetted him through left the knight no doubt as to the foe with whom he had been engaged.

"He wishes to frighten me back from Bertalda," said he aloud to himself, "he thinks to terrify me with his foolish tricks, and to make me give up the poor, distressed girl to him, so that he can wreak his vengeance on her. But he shall not do that, weak spirit of the elements as he is. No powerless phantom can understand what a human heart can do when its best energies are aroused." He felt the truth of his words, and that the very expression of them had inspired his heart with fresh courage. It seemed, too, as if fortune were on his side; for he had not reached his fastened horse, when he distinctly heard Bertalda's plaintive voice not far distant, and could catch her weeping accents through the ever-increasing tumult of the thunder and tempest. He hurried swiftly in the direction of the sound, and found the trembling girl just attempting to climb the steep, in order to escape in any way from the dreadful gloom of the valley. He stepped, however, lovingly, in her path; and bold and proud as her resolve had before been, she now felt only too keenly the delight that the friend whom she so passionately loved should rescue her from this frightful solitude, and that the joyous life in the castle should be again open to her. She followed almost unresisting, but so exhausted with fatigue that the knight was glad to have brought her to his horse, which he now hastily unfastened, in order to lift the fair fugitive upon it; and then, cautiously holding the reins, he hoped to proceed through the uncertain shades of the valley.

But the horse had become quite unmanageable from the wild apparition of Kühleborn. Even the knight would have had difficulty in mounting the rearing and snorting animal, but to place the trembling Bertalda on its back was perfectly impossible. They determined, therefore, to return home on foot. Drawing the horse after him by the bridle, the knight supported the tottering girl with his other hand. Bertalda exerted all her strength to pass quickly through the fearful valley, but weariness weighed her down like lead, and every limb trembled—partly from the terror she had endured when Kühleborn had pursued her, and partly from her continued alarm at the howling of the storm and the pealing of the thunder through the wooded mountain.

At last she slid from the supporting arm of her protector, and sinking down on the moss, she exclaimed: "Let me lie here, my noble lord; I suffer the punishment due to my folly, and I must now perish here through weariness and dread."

"No, sweet friend, I will never leave you!" cried Huldbrand, vainly endeavoring to restrain his furious steed; for, worse than before, it now began to foam and rear with excitement, until at last the knight was glad to keep the animal at a sufficient distance from the exhausted maiden lest her fears should be increased. But scarcely had he withdrawn a few paces with the wild steed than she began to call after him in the most pitiful manner, believing that he was really going to leave her in this horrible wilderness. He was utterly at a loss what course to take. Gladly would he have given the excited beast its liberty and have allowed it to rush away into the night, and spend its fury, had he not feared that is this narrow defile it might come thundering with its iron-shod hoofs over the very spot where Bertalda lay.

In the midst of this extreme perplexity and distress, he heard with delight the sound of a vehicle driving slowly down the stony road behind them. He called out for help; and a man's voice replied, bidding him have patience, but promising assistance; and soon after, two gray horses appeared through the bushes, and beside them the driver in the white smock of a carter; a great white linen cloth was next visible, covering the goods apparently contained in the wagon. At a loud shout from their master, the obedient horses halted. The driver then came toward the knight, and helped him in restraining his foaming animal.

"I see well," said he, "what ails the beast. When I first travelled this way, my horses were no better. The fact is, there is an evil water-spirit haunting the place, and he takes delight in this sort of mischief. But I have learned a charm; if you will let me whisper it in your horse's ear, he will stand at once, just as quiet as my gray beasts are doing there."

"Try your luck then, only help us quickly!" exclaimed the impatient knight. The wagoner then drew down the head of the rearing charger close to his own, and whispered something in his ear. In a moment the animal stood still and quiet, and his quick panting and reeking condition was all that remained of his previous unmanageableness. Huldbrand had no time to inquire how all this had been effected. He agreed with the carter that he should take Bertalda on his wagon, where, as the man assured him, there were a quantity of soft cotton-bales, upon which she could be conveyed to Castle Ringstetten, and the knight was to accompany them on horseback. But the horse appeared too much exhausted by its past fury to be able to carry its master so far, so the carter persuaded Huldbrand to get into the wagon with Bertalda. The horse could be fastened on behind. "We are going down hill," said he, "and that will make it light for my gray beasts."

The knight accepted the offer, and entered the wagon with Bertalda; the horse followed patiently behind, and the wagoner, steady and attentive, walked by the side.

In the stillness of the night, as its darkness deepened, and the subsiding tempest sounded more and more remote, encouraged by the sense of security and their fortunate escape, a confidential conversation arose between Huldbrand and Bertalda. With flattering words he reproached her for her daring flight; she excused herself with humility and emotion, and from every word she said a gleam shone forth which disclosed distinctly to the lover that the beloved was his. The knight felt the sense of her words far more than he regarded their meaning and it was the sense alone to which he replied. Presently the wagoner suddenly shouted with loud voice—

"Up, my grays, up with your feet; keep together! remember who you are!"

The knight leaned out of the wagon, and saw that the horses were stepping into the midst of a foaming stream, or were already almost swimming, while the wheels of the wagon were rushing round and gleaming like mill-wheels, and the wagoner had got up in front, in consequence of the increasing waters.

"What sort of a road is this? It goes into the middle of the stream." cried Huldbrand to his guide.

"Not at all, sir." returned the other, laughing, "it is just the reverse, the stream goes into the very middle of our road. Look round and see how everything is covered by the water."

The whole valley indeed was suddenly filled with the surging flood that visibly increased. "It is Kühleborn, the evil water-spirit, who wishes to drown us!" exclaimed the knight. "Have you no charm against him, my friend?"

"I know indeed of one," returned the wagoner, "but I cannot and may not use it until you know who I am."

"Is this a time for riddles?" cried the knight. "The flood is ever rising higher, and what does it matter to me to know who you are?"

"It does matter to you though," said the wagoner, "for I am Kühleborn."

So saying, he thrust his distorted face into the wagon with a grin, but the wagon was a wagon no longer; the horses were not horses—all was transformed to foam, and vanished in the hissing waves, and even the wagoner himself, rising as a gigantic billow, drew down the vainly struggling horse beneath the waters, and then swelling higher and higher, swept over the heads of the floating pair, like some liquid tower, threatening to bury them irrecoverably.

Just then the soft voice of Undine sounded through the uproar; the moon emerged from the clouds, and by its light Undine was seen on the heights above the valley. She rebuked, she threatened the floods below; the menacing, tower-like wave vanished, muttering and murmuring; the waters flowed gently away in the moonlight; and like a white dove, Undine flew down from the height, seized the knight and Bertalda, and bore them with her to a fresh, green, turfy spot on the hill, where, with choice, refreshing restoratives, she dispelled their terrors and weariness; then she assisted Bertalda to mount the white palfrey, on which she had herself ridden here, and thus all three returned back to Castle Ringstetten.

CHAPTER XV THE JOURNEY TO VIENNA

After this last adventure, they lived quietly and happily at the castle. The knight more and more perceived the heavenly goodness of his wife, which had been so nobly exhibited by her pursuit and by her rescue of them in the Black Valley, where Kühleborn's power again commenced. Undine herself felt that peace and security which is never lacking to a mind so long as it is distinctly conscious of being on the right path, and besides, in the newly-awakened love and esteem of her husband, many a gleam of hope and joy shone upon her.

Bertalda, on the other hand, showed herself grateful, humble and timid, without regarding her conduct as anything meritorious. Whenever Huldbrand or Undine were about to give her any explanation regarding the covering of the fountain or the adventure in the Black Valley, she would earnestly entreat them to spare her the recital, as she felt too much shame at the recollection of the fountain, and too much fear at the remembrance of the Black Valley. She learned, therefore, nothing further of either; and for what end was such knowledge necessary? Peace and joy had visibly taken up their abode at Castle Ringstetten. They felt secure on this point, and imagined that life could now produce nothing but pleasant flowers and fruits.

In this happy condition of things, winter had come and passed away, and spring, with its fresh green shoots and its blue sky, was gladdening the joyous inmates of the castle. Spring was in harmony with them, and they with spring. What wonder then that its storks and swallows inspired them also with a desire to travel? One day, when they were taking a pleasant walk to one of the sources of the Danube, Huldbrand spoke of the magnificence of the noble river, and how it widened as it flowed through countries fertilized by its waters, how the charming city of Vienna shone forth on its banks, and how with every step of its course, it increased in power and loveliness.

"It must be glorious to go down the river as far as Vienna!" exclaimed Bertalda; but immediately relapsing into her present modesty and humility, she paused and blushed deeply.

This touched Undine deeply, and with the liveliest desire to give pleasure to her friend, she said: "What hinders us from starting on the little voyage?"

Bertalda exhibited the greatest delight, and both she and Undine began at once to picture the tour of the Danube in the brightest colors. Huldbrand also gladly agreed to the prospect; only he once whispered anxiously in Undine's ear, —

"But Kühleborn becomes possessed of his power again out there!"

"Let him come," she replied with a smile, "I shall be there, and he ventures upon none of his mischief before me." The last impediment was thus removed; they prepared for the journey, and soon after set out upon it with fresh spirits and the brightest hopes.

But wonder not, Oh man, if events always turn out different to what we have intended. That malicious power, lurking for our destruction, gladly lulls its chosen victim to sleep with sweet songs and golden delusions; while on the other hand, the rescuing messenger from Heaven often knocks sharply and alarmingly at our door.

During the first few days of their voyage down the Danube they were extremely happy. Everything grew more and more beautiful as they sailed further and further down the proudly flowing stream. But in a region otherwise so pleasant, and in the enjoyment of which they had promised themselves the purest delight, the ungovernable Kühleborn began, undisguisedly, to exhibit his power of interference. This was indeed manifested in mere teasing tricks, for Undine often rebuked the agitated waves, or the contrary winds, and then the violence of the enemy would be immediately humbled; but again the attacks would be renewed, and again Undine's reproofs would become necessary, so that the pleasure of the little party was completely destroyed. The boatmen, too, were continually whispering to each other in dismay, and looking with distrust at the three strangers, whose servants even began more and more to forebode something uncomfortable, and to watch their superiors with suspicious glances. Huldbrand often said to himself: "This comes from like not being linked with like—from a man uniting himself with a mermaid!" Excusing himself, as we all love to do, he would often think, indeed, as he said this: "I did not really know that she was a sea-maiden; mine is the misfortune, that every step I take is disturbed and haunted by the wild caprices of her race, but mine is not the fault." By thoughts such as these he felt himself in some measure strengthened; but on the other hand, he felt increasing ill-humor, and almost animosity toward Undine. He would look at her with an expression of anger, the meaning of which the poor wife understood well. Wearied with this exhibition of displeasure, and exhausted by the constant effort to frustrate Kühleborn's artifices, she sank one evening into a deep slumber, rocked soothingly by the softly gliding bark.

Scarcely, however, had she closed her eyes than everyone in the vessel imagined he saw, in whatever direction he turned, a most horrible human head. It rose out of the waves, not like that of a person swimming, but perfectly perpendicular, as if invisibly supported upright on the watery surface, and floating along in the same course with the bark. Each wanted to point out to the other the cause of his alarm, but each found the same expression of horror depicted on the face of his neighbor, only that his hands and eyes were directed to a different point, where the monster, half-laughing and half-threatening, rose before him. When, however, they all wished to make each other understand what each saw, and all were crying out: "Look there! No, there!" the horrible heads all at one and the same time appeared to their view, and the whole river around the vessel swarmed with the most hideous apparitions. The universal cry raised at the sight awoke Undine. As she opened her eyes, the wild crowd of distorted visages disappeared. But Huldbrand was indignant at such unsightly jugglery. He would have burst forth in uncontrolled imprecations had not Undine said to him with a humble manner and a softly imploring tone: "For God's sake, my husband, we are on the water; do not be angry with me now."

The knight was silent, and sat down absorbed in revery. Undine whispered in his ear: "Would it not be better, my love, if we gave up this foolish journey, and returned to Castle Ringstetten in peace?"

But Huldbrand murmured moodily: "So I must be a prisoner in my own castle, and only be able to breathe so long as the fountain is closed! I would your mad kindred—" Undine lovingly pressed her fair hand upon his lips. He paused, pondering in silence over much that Undine had before said to him.

Bertalda had meanwhile given herself up to a variety of strange thoughts. She knew a good deal of Undine's origin, and yet not the whole; and the fearful Kühleborn especially had remained to her a terrible, but wholly unrevealed mystery. She had, indeed, never even heard his name. Musing on these strange things, she unclasped, scarcely conscious of the act, a gold necklace, which Huldbrand had lately purchased for her of a travelling trader. Half-dreamingly she drew it along the surface of the water, enjoying the light glimmer it cast upon the evening-tinted stream. Suddenly a huge hand was stretched out of the Danube, it seized the necklace and vanished with it beneath the waters. Bertalda screamed aloud, and a scornful laugh resounded from the depths of the stream. The knight could now restrain his anger no longer. Starting up, he inveighed against the river; he cursed all who ventured to interfere with his family and his life; and challenged them, be they spirits or sirens, to show themselves before his avenging sword.

Bertalda wept meanwhile for her lost ornament, which was so precious to her; and her tears added fuel to the flame of the knight's anger, while Undine held her hand over the side of the vessel, dipping it into the water, softly murmuring to herself, and only now and then interrupting her strange, mysterious whisper as she entreated her husband: "My dearly loved one, do not scold me here; reprove others, if you will, but not me here. You know why!"

And indeed, he restrained the words of anger that were trembling on his tongue. Presently, in her wet hand which she had been holding under the waves, she brought up a beautiful coral necklace of so much brilliancy that the eyes of all were dazzled by it.

"Take this," said she, holding it out kindly to Bertalda; "I have ordered this to be brought for you as a compensation, and don't be grieved any more, my poor child."

But the knight sprang between them. He tore the beautiful ornament from Undine's hand, hurled it again into the river, exclaiming in passionate rage: "Have you then still a connection with them? In the name of all the witches, remain among them with your presents, and leave us mortals in peace, you sorceress!"

Poor Undine gazed at him with fixed but tearful eyes, her hand still stretched out as when she had offered her beautiful present so lovingly to Bertalda. She then began to weep more and more violently, like a dear, innocent child bitterly afflicted. At last, wearied out, she said: "Alas, sweet friend, alas! farewell! They shall do you no harm; only remain true, so that I may be able to keep them from you. I must, alas! go away. I must go hence at this early stage of life. Oh, woe, woe! what have you done! Oh, woe, woe!"

She vanished over the side of the vessel. Whether she plunged into the stream, or flowed away with it, they knew not; her disappearance was like both and neither. Soon, however, she was completely lost sight of in the Danube; only a few little waves kept whispering, as if sobbing round the boat, and they almost seemed to be saying: "Oh, woe, woe! oh, remain true! oh, woe!"

Huldbrand lay on the deck of the vessel, bathed in hot tears, and a deep swoon soon cast its veil of forgetfulness over the unhappy man.

CHAPTER XVI HOW IT FARED FURTHER WITH HULDBRAND

Shall we say it is well or ill, that our sorrow is of such short duration? I mean that deep sorrow which affects the very well-spring of our life, which becomes so one with the lost objects of our love that they are no longer lost, and which enshrines their image as a sacred treasure, until that final goal is reached which they have reached before us. It is true that many men really maintain these sacred memories, but their feeling is no longer that of the first deep grief. Other and new images have thronged between. We learn at length the transitoriness of all earthly things, even to our grief, and, therefore, I must say: "Alas, that our sorrow should be of such short duration!"

The lord of Ringstetten experienced this: whether for his good, we shall hear in the sequel to this history. At first he could do nothing but weep, and that as bitterly as the poor, gentle Undine had wept when he had torn from her hand that brilliant ornament with which she had wished to set everything to rights. And then he would stretch out his hand, as she had done, and would weep again, like her. He cherished the secret hope that he might at length dissolve in tears; and has not a similar hope passed before the mind of many a one of us, with painful pleasure, in moments of great affliction? Bertalda wept also, and they lived a long while quietly together at Castle Ringstetten, cherishing Undine's memory, and almost wholly forgetful of their former attachment to each other. And, therefore, the good Undine often visited Huldbrand in his dreams; caressing him tenderly and kindly, and then going away, weeping silently, so that when he awoke he often scarcely knew why his cheeks were so wet; whether they had been bathed with her tears, or merely with his own.

These dream visions became, however, less frequent as time passed on, and the grief of the knight was less acute; still he would probably have cherished no other wish than thus to think calmly of Undine and to talk of her, had not the old fisherman appeared one day unexpectedly at the castle, and sternly insisted on Bertalda's returning with him as his child. The news of Undine's disappearance had reached him, and he had determined on no longer allowing Bertalda to reside at the castle with the widowed knight.

"For," said he, "whether my daughter love me or no, I do not care to know, but her honor is at stake, and where that is concerned, nothing else is to be thought of."

This idea of the old fisherman's and the solitude which threatened to overwhelm the knight in all the halls and galleries of the desolate castle after Bertalda's departure, brought out the feelings that had slumbered till now, and which had been wholly forgotten in his sorrow for Undine; namely, Huldbrand's affection for the beautiful Bertalda. The fisherman had many objections to raise against the proposed marriage. Undine had been very dear to the old fisherman, and he felt that no one really knew for certain whether the dear lost one were actually dead. And if her body were truly lying cold and stiff at the bottom of the Danube, or had floated away with the current into the ocean, even then Bertalda was in some measure to blame for her death, and it was unfitting for her to step into the place of the poor, supplanted one. Yet the fisherman had a strong regard for the knight also;

and the entreaties of his daughter, who had become much more gentle and submissive, and her tears for Undine, turned the scale, and he must at length have given his consent, for he remained at the castle without objection, and a messenger was despatched to Father Heilmann, who had united Undine and Huldbrand in happy days gone by, to bring him to the castle for the second nuptials of the knight.

The holy man, however, had scarcely read the letter from the knight of Ringstetten, than he set out on his journey to the castle, with far greater expedition than even the messenger had used in going to him. Whenever his breath failed in his rapid progress, or his aged limbs ached with weariness, he would say to himself: "Perhaps the evil may yet be prevented; fail not, my tottering frame, till you have reached the goal!" And with renewed power he would then press forward, and go on and on without rest or repose, until, late one evening he entered the shady court-yard of Castle Ringstetten.

The betrothed pair were sitting side by side under the trees, and the old fisherman was near them, absorbed in thought. The moment they recognized Father Heilmann, they sprang up, and pressed round him with warm welcome. But he, without making much reply, begged Huldbrand to go with him into the castle; and when the latter looked astonished, and hesitated to obey the grave summons, the reverend father said to him: —

"Why should I make any delay in wishing to speak to you in private, Herr von Ringstetten? What I have to say concerns Bertalda and the fisherman as much as yourself, and what a man has to hear, he may prefer to hear as soon as possible. Are you then so perfectly certain, Knight Huldbrand, that your first wife is really dead? It scarcely seems so to me. I will not, indeed, say anything of the mysterious condition in which she may be existing, and I know, too, nothing of it with certainty. But she was a pious and faithful wife—that is beyond all doubt; and for a fortnight past she has stood at my bedside at night in my dreams, wringing her tender hands in anguish and sighing out: 'Oh, prevent him, good father! I am still living! oh, save his life! save his soul!' I did not understand what this nightly vision signified; when, presently, your messenger came, and I hurried thither, not to unite, but to separate, what ought not to be joined together. Leave her, Huldbrand! Leave him, Bertalda! He yet belongs to another; and do you not see grief for his lost wife still written on his pale cheek? No bridegroom looks thus; and a voice tells me that if you do not leave him, you will never be happy."

The three listeners felt in their innermost heart that Father Heilmann spoke the truth, but they would not believe it. Even the old fisherman was now so infatuated that he thought it could not be otherwise than they had settled it in their discussions during the last few days. They, therefore, all opposed the warnings of the priest with a wild and gloomy rashness, until at length, the holy father quitted the castle with a sad heart, refusing to accept, even for a single night, the shelter offered, or to enjoy the refreshments brought him. Huldbrand, however, persuaded himself that the priest was full of whims and fancies, and with dawn of day he sent for a father from the nearest monastery, who, without hesitation, promised to perform the ceremony in a few days.

CHAPTER XVII THE KNIGHT'S DREAM

It was between night and dawn of day that the knight was lying on his couch half-waking, half-sleeping. Whenever he was on the point of falling asleep, a terror seemed to come upon him and scare his rest away; for his slumbers were haunted with spectres. If he tried, however, to rouse himself in good earnest, he felt fanned, as by the wings of a swan, and he heard the soft murmuring of waters, until soothed by the agreeable delusion, he sunk back again into a half-conscious state. At length he must have fallen sound asleep, for it seemed to him as if he were lifted up upon the fluttering wings of the swans and borne by them far over land and sea, while they sang to him their sweetest music. "The music of the swan! the music of the swan!" he kept saying to himself. "Does it not always portend death?" But it had yet another meaning. All at once he felt as if he were hovering over the Mediterranean Sea. A swan was singing musically in his ear that this was the Mediterranean Sea. And while he was looking down upon the waters below, they became clear as crystal, so that he could see through them to the bottom. He was delighted at this, for he could see Undine sitting beneath the crystal arch. It is true she was weeping bitterly, and looking much sadder than in the happy days when they had lived together at the castle of Ringstetten, especially at their commencement; and afterward also, shortly before they had begun their unhappy Danube excursion. The knight could not help thinking upon all this very fully and deeply, but it did not seem as if Undine perceived him.

Meanwhile, Kühleborn had approached her, and was on the point of reproving her for her weeping. But she drew herself up and looked at him with such a noble and commanding air that he almost shrunk back with fear.

"Although I live here beneath the waters," said she, "I have yet brought down my soul with me; and, therefore, I may well weep, although you can not divine what such tears are. They, too, are blessed, for everything is blessed to him in whom a true soul dwells."

He shook his head incredulously, and said, after some reflection: "And yet, niece, you are subject to the laws of our element, and if he marries again and is unfaithful to you, you are in duty bound to take away his life."

"He is a widower to this very hour," replied Undine, "and his sad heart still holds me dear."

"He is, however, at the same time betrothed," laughed Kühleborn, with scorn; "and let only a few days pass, and the priest will have given the nuptial blessing, and then you will have to go upon earth to accomplish the death of him who has taken another to wife."

"That I cannot do," laughed Undine, in return; "I have sealed up the fountain securely against myself and my race."

"But suppose he should leave his castle," said Kühleborn, "or should have the fountain opened again—for he thinks little enough of these things."

"It is just for that reason," said Undine, still smiling amid her tears, "it is just for that reason, that he is now hovering in spirit over the Mediterranean Sea, and is dreaming of this conversation of ours as a warning. I have intentionally arranged it so."

Kühleborn, furious with rage, looked up at the knight, threatened, stamped with his feet, and then, swift as an arrow, shot under the waves. It seemed as if he were swelling in his fury to the size of a whale. Again the swans began to sing, to flap their wings, and to fly. It seemed to the knight as if he were soaring away over mountains and streams, and that he at length reached the Castle Ringstetten, and awoke on his couch.

He did, in reality, awake upon his couch, and his squire, coming in at that moment, informed him that Father Heilmann was still lingering in the neighborhood; that he had met him the night before in the forest in a hut which he had formed for himself of the branches of trees, and covered with moss and brushwood. To the question what he was doing here, since he would not give the nuptial blessing, he had answered: "There are other blessings besides those at the nuptial altar; and, though I have not gone to the wedding, it may be that I shall be at another solemn ceremony. We must be ready for all things. Besides, marrying and mourning are not so unlike, and every one not wilfully blinded must see that well."

The knight placed various strange constructions upon these words, and upon his dream; but it is very difficult to break off a thing which a man has once regarded as certain, and so everything remained as it had been arranged.

CHAPTER XVIII HOW THE KNIGHT HULDBRAND IS MARRIED

If I were to tell you how the marriage feast passed at Castle Ringstetten, it would seem to you as if you saw a heap of bright and pleasant things, but a gloomy veil of mourning spread over them all, the dark hue of which would make the splendor of the whole look less like happiness than a mockery of the emptiness of all earthly joys. It was not that any spectral apparitions disturbed the festive company; for we know that the castle had been secured from the mischief of the threatening water-spirits. But the knight and the fisherman and all the guests felt as if the chief personage were still lacking at the feast, and that this chief personage could be none other than the loved and gentle Undine. Whenever a door opened, the eyes of all were involuntarily turned in that direction; and if it was nothing but the butler with new dishes, or the cup-bearer with a flask of still richer wine, they would look down again sadly, and the flashes of wit and merriment which had passed to and fro would be extinguished by sad remembrances. The bride was the most thoughtless of all, and therefore the most happy; but even to her it sometimes seemed strange that she should be sitting at the head of the table, wearing a green wreath and gold-embroidered attire, while Undine was lying at the bottom of the Danube, a cold and stiff corpse, or floating away with the current into the mighty ocean. For ever since her father had spoken of something of the sort, his words were ever ringing in her ear, and this day especially they were not inclined to give place to other thoughts.

The company dispersed early in the evening, not broken up by the bridegroom himself, but sadly and gloomily by the joyless mood of the guests and their forebodings of evil. Bertalda retired with her maidens, and the knight with his attendants; but at this mournful festival there was no gay, laughing train of bridesmaids and bridesmen.

Bertalda wished to arouse more cheerful thoughts; she ordered a splendid ornament of jewels which Huldbrand had given her, together with rich apparel and veils, to be spread out before her in order that from these latter she might select the brightest and most beautiful for her morning attire. Her attendants were delighted at the opportunity of expressing their good wishes to their young mistress, not failing at the same time to extol the beauty of the bride in the most lively terms. They were more and more absorbed in these considerations, till Bertalda at length, looking in a mirror, said with a sigh: "Ah, but don't you see plainly how freckled I am growing here at the side of my neck?"

They looked at her throat, and found the freckles, as their fair mistress had said; but they called them beauty-spots and mere tiny blemishes, only tending to enhance the whiteness of her delicate skin. Bertalda shook her head, and asserted that a spot was always a defect.

"And I could remove them," she sighed a last, "only the fountain is closed from which I used to have that precious and purifying water. Oh! if I had but a flask of it to-day!"

"Is that all?" said an alert waiting-maid, laughing, as she slipped from the apartment.

"She will not be mad," exclaimed Bertalda, in a pleased and surprised tone, "she will not be so mad as to have the stone removed from the fountain this very evening!"

At the same moment they heard the men crossing the courtyard, and could see from the window how the officious waiting-woman was leading them straight up to the fountain, and that they were carrying levers and other instruments on their shoulders.

"It is certainly my will," said Bertalda, smiling, "if only it does not take too long." And happy in the sense that a look from her now was able to effect what had formerly been so painfully refused her, she watched the progress of the work in the moonlit castle court.

The men raised the enormous stone with an effort. Now and then, indeed, one of their number would sigh, as he remembered that they were destroying the work of their former beloved mistress. But the labor was far lighter than they had imagined. It seemed as if a power within the spring itself were aiding them in raising the stone.

"It is just," said the workmen to each other in astonishment, "as if the water within had become a springing fountain." And the stone rose higher and higher, and almost without the assistance of the workmen, it rolled slowly down upon the pavement with a hollow sound. But from the opening of the fountain there rose solemnly a white column of water. At first they imagined it had really become a springing fountain, till they perceived that the rising form was a pale female figure veiled in white. She was weeping bitterly, raising her hands wailingly above her head and wringing them, as she walked with a slow and serious step to the castle building. The servants fled from the spring; the bride, pale and stiff with horror, stood at the window with her attendants. When the figure had now come close beneath her room, it looked moaningly up to her, and Bertalda thought she could recognize beneath the veil the pale features of Undine. But the sorrowing form passed on, sad, reluctant, and faltering, as if passing to execution.

Bertalda screamed out that the knight was to be called; but none of her maids ventured from the spot, and even the bride herself became mute, as if trembling at her own voice.

While they were still standing fearfully at the window, motionless as statues, the strange wanderer had reached the castle, had passed up the well-known stairs and through the well-known halls, ever in silent tears. Alas! how differently had she once wandered through them!

The knight, partly undressed, had already dismissed his attendants, and in a mood of deep dejection he was standing before a large mirror; a taper was burning dimly beside him. There was a gentle tap at his door. Undine used to tap thus when she wanted playfully to tease him. "It is all fancy," said he to himself, "I must seek my nuptial bed."

"So you must, but it must be a cold one!" he heard a tearful voice say from without; and then he saw in the mirror his door opening slowly—slowly—and the white figure entered, carefully closing it behind her. "They have opened the spring," said she softly, "and now I am here, and you must die."

He felt in his paralyzed heart that it could not be otherwise; but covering his eyes with his hands, he said: "Do not make me mad with terror in my hour of death. If you wear a hideous face behind that veil, do not raise it, but take my life, and let me see you not."

"Alas!" replied the figure, "will you then not look upon me once more? I am as fair as when you wooed me on the promontory."

"Oh, if it were so!" sighed Huldbrand, "and if I might die in your fond embrace!"

"Most gladly, my loved one." said she, and throwing her veil back, her lovely face smiled forth divinely beautiful. Trembling with love and with the approach of death, she kissed him with a holy kiss; but not relaxing her hold, she pressed him fervently to her, and as if she would weep away her soul. Tears rushed into the knight's eyes, and seemed to surge through his heaving breast, till at length his breathing ceased, and he fell softly back from the beautiful arms of Undine, upon the pillows of his couch—a corpse.

"I have wept him to death," said she to some servants who met her in the ante-chamber; and, passing through the affrighted group, she went slowly out toward the fountain.

CHAPTER XIX HOW THE KNIGHT HULDBRAND WAS BURIED

Father Heilmann had returned to the castle as soon as the death of the lord of Ringstetten had been made known in the neighborhood, and he appeared at the very same moment that the monk who had married the unfortunate couple was fleeing from the gates overwhelmed with fear and terror.

"It is well," replied Heilmann, when he was informed of this; "now my duties begin, and I need no associate."

Upon this he began to console the bride, now a widow—small result as it produced upon her worldly, thoughtless mind. The old fisherman, on the other hand, although heartily grieved, was far more resigned to the fate which had befallen his daughter and son-in-law; and while Bertalda could not refrain from abusing Undine as a murderess and sorceress, the old man calmly said:

"It could not be otherwise, after all. I see nothing in it but the judgment of God, and no one's heart has been more deeply grieved by Huldbrand's death than that of her by whom it was inflicted—the poor, forsaken Undine!"

At the same time he assisted in arranging the funeral solemnities as befitted the rank of the deceased.

The knight was to be interred in the village churchyard, which was filled with the graves of his ancestors. And this church had been endowed with rich privileges and gifts both by these ancestors and by himself. His shield and helmet lay already on the coffin, to be lowered with it into the grave, for Sir Huldbrand of Ringstetten had died the last of his race. The mourners began their sorrowful march, singing requiems under the bright, calm canopy of heaven. Father Heilmann walked in advance, bearing a high crucifix, and the inconsolable Bertalda followed, supported by her aged father. Suddenly, in the midst of the black-robed attendants in the widow's train, a snow-white figure was seen, closely veiled, and wringing her hands with fervent sorrow. Those near whom she moved felt a secret dread, and retreated either backward or to the side, increasing by their movements the alarm of the others near to whom the white stranger was now advancing, and thus a confusion in the funeral train was well-nigh beginning. Some of the military escort were so daring as to address the figure, and to attempt to remove it from the procession; but she seemed to vanish from under their hands, and yet was immediately seen advancing again amid the dismal cortege with slow and solemn step. At length, in consequence of the continued shrinking of the attendants to the right and to the left, she came close behind Bertalda. The figure now moved so slowly that the widow did not perceive it, and it walked meekly and humbly behind her undisturbed. This lasted till they came to the churchyard, where the procession formed a circle round the open grave. Then Bertalda saw her unbidden companion, and starting up, half in anger and half in terror, she commanded her to leave the knight's last resting-place.

The veiled figure, however, gently shook her head in refusal, and raised her hands as if in humble supplication to Bertalda, deeply agitating her by the action, and recalling to her with tears how Undine had so kindly wished to give her that coral necklace on the Danube. Father Heilmann motioned with his hand and commanded silence, as they were to pray in mute devotion over the body, which they were now covering with the earth. Bertalda knelt silently, and all knelt, even the grave-diggers among the rest, when they had finished their task. But when they rose again, the white stranger had vanished. On the spot where she had knelt there gushed out of the turf a little silver spring, which rippled and murmured away till it had almost entirely encircled the knight's grave. Then it ran further and emptied itself into a lake which lay by the side of the burial place. Even to this day the inhabitants of the village show the spring, and cherish the belief that it is the poor, rejected Undine, who in this manner still embraces her husband in her loving arms.